JN035531

D+

dear+ novel

Hachimitsu to megane・・・・・・・

蜂蜜と眼鏡

岩本 薫

新書館ディアプラス文庫

蜂蜜と眼鏡

contents

illustration : ウノハナ

蜂蜜と眼鏡《はちみつとめがね》

一

駅からの道、ふと見上げた空はどこまでも高く、小さな雲片《くもぎれ》が無数に集まって群れを成していた。

（鱗雲《うろこぐも》か……）

見事な秋晴れに、「天高く馬肥《こ》ゆる秋」ということわざが浮かぶ。一般的に、実りの秋を表現することとわざと言われているが、実は中国にルーツを持つ。北方に住む騎馬民族である匈奴《きょうど》は、春から夏のあいだ、馬にたっぷりと草を食べさせる。秋の訪れを合図に南下し、収穫期を迎えた農耕民族から食物を略奪《りゃくだつ》するためだ。つまり、農耕民族サイドからすれば、「秋になると匈奴が攻めてくるから警戒しよう」という戒《いまし》めの意味合いが込められており――。

「急な話で悪かったたな」

秋の空からの連想で、古《いにしえ》の騎馬民族に想いを馳《は》せていた柊一路《ひいらぎかずみち》は、同僚の声で現実に引き戻された。隣を歩く同僚は柊より五つ上で、やや太めのせいか暑がりだ。いまもハンカチで首筋の汗を拭《ふ》き拭き、ふーふー言いながら坂道を上がっている。痩《や》せているため寒がりで、十月の下旬にしてすでにスーツのジャケットの下にベストを着込んでいる柊とは対照的だ。

「急な話とは？」

「いや、だから穂高《ほだか》先生の担当引き継ぎの件。俺が抜けるせいで、おまえが急遽《きゅうきょ》文芸班に異動になってさ……」

どこか申し訳なさそうに切り出す同僚のほうを向き、柊は眼鏡のチタンフレームをカチッと中指で押し上げた。

「いいえ、私自身、ずっと文芸班への異動願いを出していましたから」

「え？　そうなの？　おまえ、実用書でけっこうヒット出してたからてっきり……」

「もちろん、どれも全力を尽くして作ってきましたし、おかげさまで長く書店に置いていただける本を何作か世に出すこともできましたが、入社時の第一希望は文芸でした。子供の頃から小説を読むことが好きで、出版社に入ったのも小説に携《たずさ》わる仕事がしたかったからですし」

柊の説明を聞いた同僚が一気に明るい顔になり、「そっかー」とつぶやく。

「じゃあ、おまえにとっても悪い話じゃないんだな。ならよかったよ」

実家の稼業を継ぐことになった彼は、十月いっぱいで退職して、家族と徳島にUターンするらしい。父親が倒れたのがきっかけのようだが、「実は前々から考えてたんだよね」と、先程電車のなかで言っていた。

「このままでいいのかなってさ。俺も入社から十二年間、編集の仕事をやってきて、ぶっちゃけ編集者としての限界みたいなものも感じてたりしてさ。業界自体も見通しが暗いし」

「……ですが、穂高先生と一緒に作品を作るチャンスがやっと到来したのに、そこに未練はないんですか？」

「ん？　まあ、そりゃあ残念だけど、こういうのもタイミングだからな。俺だっていまも小説は好きだよ。けど、いつまでも文学青年のままではいられないわけよ……大人はさ」

「…………」

国立大の文学部を卒業後、柊が就職した龍生《りゅうせい》出版は、雑誌や漫画、ライトノベルといった軽い読み物系から中間小説、純文学、実用書や新書、果てはお堅い専門書まで幅広く扱う中堅の出版社だ。

八年前、柊が新卒で入社するはるか以前から、業界は〝出版不況〟という困苦《こんく》にあえいでいた。その後も状況が改善する明るい兆《きざ》しは見えず、市場における書籍・雑誌の販売額は年々減少の一途をたどり、底が見えない。

龍生出版も例外ではなく、柊の入社以降、業績は右肩下がりとなっている。

本が売れないので、町の小さな書店が商《あきな》いを畳《たた》む。ふらりと立ち寄れる範囲に本屋が存在しなくなることで、購買機会が失われる。それによって読書離れが加速。ますます本が売れなくなって書店が潰れる——という負のループに歯止めが利《き》かず、打つ手がないというのが現状だ。

本が売れない原因の一つは、インターネットの普及と言われている。インターネット上には夥《おびただ》しい数のコンテンツが上がっており、基本無料のそれらと闘うのは圧倒的に不利だ。さらに紙の本は物理的に場所を取るという性質から、近年若い人たちに疎《うと》まれる傾向にある。そしてなにより現代人は忙しく、時間は有限だ。限られた〝余暇〟というパイを奪い合う競争において、これまで読書に割《さ》いていた時間を、ネットに奪われてしまったのが一番の敗因だろう。

「いつまでもこの業界にしがみついていたところで未来《さき》はない」

そう言って沈む船に見切りをつけ、今年に入ってからも数名が会社を辞めていった。自分と違って扶養《ふよう》すべき家族がおり、別の選択肢を持つ彼らが、文学青年および少女を卒業していくのを責められない。

そもそも、好きなことを仕事にしようなどという考え自体が甘いと言われればそれまでだ。おそらく世の大多数の人々が、生きていくための手段と割り切って、日々淡々と働いている。

(だが自分は、そこまで割り切れない……)

割り切れないのならば、会社を——出版文化を少しでも長らえさせるために足掻《あが》くしかない。

なので今回の異動と、売れっ子小説家である穂高の担当者任命は、柊にとって大きなチャンスだった。感情表現が下手なので、上司に打診された際も「わかりました」と、最低限の口数のみで応じたが、能面(とよく言われる)の下では、歓喜のあまりに小躍《こおど》りしていた。

「お、見えてきた。あれが穂高先生のマンションだ」

思わず足を止めて、同僚が指し示した低層マンションを見つめる。都心とは思えない豊かな緑のなかに、煉瓦色《れんがいろ》の落ち着いた風合いの建物がしっとりと佇《たたず》んでいた。石積みの塀《へい》に囲まれた敷地面積は広大で、ここからは全体像が把握できないほどだ。

駅から徒歩十分の距離にある高台のこの地は、「一度は住んでみたい街」ランキング常連の人気エリアだ。都内屈指《くっし》の一等地にこれだけ贅沢《ぜいたく》な広さの集合住宅——ともなれば、IT企業の経営者か、外国籍の富豪か、はたまた有名芸能人か、とにかく選ばれた成功者しか入居できないマンションであることがおのずと知れる。

その選ばれし成功者の一人が、今日から柊が担当することになる穂高充生《みつお》だ。

穂高充生といえば、「出版業界最後の救世主」との呼び声も高く、作品が次々と映像化され、またそのドラマや映画がことごとく当たることでも有名なヒットメーカー。

現在、大手出版社や新聞社が列をなして執筆の順番待ちをしている穂高だが、実は、デビュー時の版元は龍生出版である。もっとも当時は『穂高蜜央《みつお》』名義で官能小説を書いていた。名義を本名の『充生』に変更して書いた警察小説が大当たりし、その後も立て続けにヒットを飛ばして当代一のヒットメーカーになってからは、自然と龍生とは縁遠くなり、担当者は付いているものの具体的な仕事までは至らない関係が長く続いていたが、次作は十年ぶりに新作を書いてもらえる予定になっていた。それも書き下ろしの単行本だ。

ところが、そんな大事なタイミングで、担当編集者の退職が決まった。そこで急遽、後任《こうにん》を社内から選抜《せんばつ》することになり、選考の結果、白羽《しらは》の矢が立ったのが柊だったというわけだ。どうやら文芸班のトップである部長が、柊が毎年出していた異動願い、およびその年に読んだ本の所感をまとめたレポートを読んで、推《お》してくれたらしい。

『おまえは愛想がないし、口がうまいわけでもないが、本に対する熱意は本物だ。小説担当経験のないおまえを抜擢《ばってき》するのはうちにとっても賭けだが、俺は案外いい組み合わせなんじゃないかと思っている。穂高先生の新作書き下ろしは、言うまでもなく龍生にとってビッグコンテンツだ。どんな手を使ってでも原稿をもぎ取れ。幸い、いまのおまえはほかの作家を受け持っていない。原稿を取るまでは、穂高先生の専属編集者のつもりでやれ』

部長にハッパをかけられた柊は、密《ひそ》かに闘志を燃やした。通常は複数の作家を同時に受け持たなければならないところ、たった一人の作家とマンツーマンで作品作りに集中できるなんて、編集者として願ってもない好機だ。

とはいえ、小説を担当するのが初めてである上に、自分の双肩《そうけん》に社運がかかっていると思えば、当然ながらプレッシャーも感じる。初顔合わせを翌日に控えた昨夜は、あまりよく眠れなかった。今朝も食欲がなく、コーヒーのみで朝食を済ませた。

ここに来る道すがらも、景色を見たり妄想に逃げたりして気を紛《まぎ》らせていたのだが、美しく手入れされた石畳《いしだたみ》のアプローチを通り抜け、ガラス張りのエントランスまで辿り着いた段で、逃がしたはずのプレッシャーがぶり返してくる。

「あの、穂高先生はどんな方ですか？」

緊張を和《やわ》らげようと、口を開いて今更な問いかけを同僚に投げかけた。

今日に備えて事前準備は万端《ばんたん》にしてきたつもりだ。著作は諳《そら》んじられるほど読み込んできたし、略歴も頭に叩き込んできた。ただし穂高はプライベートを公表しない信条らしく、インタビューや取材を受けたのも過去数えるほどで、入手できた情報は多くなかった。顔出しもNGで、ネットで検索しまくってやっとヒットしたのは、授賞式かなにかのピンぼけの粗《あら》い画像が一枚。しかも後ろ姿で顔は映っていなかった。

三十九歳。小説を書くための取材は自分で行い、なにごとも自身で体験するのがモットー。現場に身を投《とう》じる行動派で、メディアに顔出ししないのも潜入取材のためらしい。必要とあらば世界の裏側まで飛んで行き、ジャングルに分け入り、危険なスラム街にも潜入する。学生時代アマチュアボクシングのチャンピオンだった経歴を活《い》かし、やくざの組長の用心棒をしていたこともある。――事前調査でわかったのはこのくらいだ。

「あれ、話してなかったっけ？」

オートロック操作盤の前に立っていた同僚が振り返った。

「はい」

「ああ、悪い。俺がほかの作家さんの引き継ぎでバタバタしてて社内にいなかったからな」

「いいえ」

確かに彼はこのところほとんど社内におらず、社内メールを使った申し送りもなかった。どのみち引き継ぎの当日には顔を合わせるのだから、自分に知らせるべき注意点があれば、そのときに伝えてくれるだろうと思い、柊も催促することなく今日を迎えたのだが。

「俺も担当っていってもメールのやりとりがメインで、結局一度もちゃんとした仕事はしてないし、人となりを語れるほどの交流もないんだけど……。授賞式とかパーティで話した感触だと、わりと歯に衣着《きぬ》せずに直球でズバズバ言うタイプではあるかな。慣れないとキツく感じるかもしれないけど、根は悪い人じゃないから」

「そうですか」

「おまえとは……うーん……水と油っぽいけど、ほら、性格が真逆のほうが相性がいい場合もあるし」

フォローになっていそうでいない言葉を紡《つむ》いだ同僚が、モニター付きのオートロック操作盤に向き直り、部屋番号を打ち込んだ。しばらくして、インターフォンからブツッという音が聞こえてくる。

「龍生出版の内藤《ないとう》です」

それに対するいらえはなく、ピーッという機械音だけが鳴り響いた。木製の自動扉が真ん中からするすると開く。同僚の後ろにつき従う形で、柊はガラス張りのエントランスロビーに足を踏み入れた。繊細《せんさい》な意匠が刻まれた天井からドロップシャンデリアがぶら下がり、床は大理石。右手に革張りのソファセットが据《す》え置かれ、正面には常駐のコンシェルジュが立つカウンターが見える。まるで高級ホテルだ。

こんなハイクラスの――いわゆる億ションに住むような著者とはこれまで縁がなかったので、ますます緊張が募《つの》る。エレベーターホールに向かう同僚のあとを追いながら、柊はそっとみぞおちをさすって、キリキリと軋《きし》む胃を宥《なだ》めた。

（落ち着け。大丈夫だ。準備はしてきた）

平静たれと唱《とな》えても、加速していく鼓動を止められない。エレベーターで最上階の五階まで上がり、回廊のような外廊下をくねくねと曲がって、突き当たりの部屋のドアの前に立ったときには、心臓の音はマックスまで高鳴っていた。

（ここが、穂高先生の住居兼仕事場）

真鍮《しんちゅう》のレバーがついた、木目が美しい木製の扉を見つめて、ごくっと喉《のど》を鳴らす。

同僚がドアの横のインターフォンを押すと、十秒ほど待たされたのちに、鍵をガチャッと解《かい》錠《じょう》する音が響いた。ドクンッとひときわ大きく鼓動が跳ねる。

（ついに……！）

穂高充生と対面の瞬間だ。柊はブリーフケースの持ち手をぎゅっと握り締めた。ゆっくりとドアが開く。押し開かれたドアの向こうに立っていたのは、見上げるような大男だった。

（クマ！）

刹那《せつな》脳裏《のうり》に浮かんだのは、ぬっと立ち上がったクマの画《え》だった。例年、夏から秋にかけて、冬ごもりの前に山里に下りてきたクマの話題がネットを騒がせるが、その手の記事に付き物の画像だ。

鞣《なめ》し革《がわ》のような浅黒い肌。がっしりとした顎《あご》には無精髭《ぶしょうひげ》が散らばっており、やや長めの髪はぼさぼさで、見るからに起き抜けと察せられる。ネットで拾った粗い画像はスーツを着ていたが、目の前の男は襟《えり》ぐりの伸びきったTシャツにスウェットパンツという、上下黒の部屋着だった。足は裸足で、母指《ぼし》よりも人差し指が長い、俗に言うギリシャ型。この手のタイプは野心と独立心と決断力を備《そな》えたリーダータイプでわがまま――。

「穂高先生、おはようございます」

以前作った本で得た知識と照らし合わせつつ、裸足の足をぼんやり見下ろしていた柊は、同僚の声ではっと我に返った。

「もしかして、まだお休みでしたか？」

同僚が穂高に伺いを立てる。それには答えず、ドスのきいた低音で「入れ」とだけ告げて、穂高はくるりと踵《きびす》を返した。のしのし（というふうに柊には見えた）と廊下を引き返していく男の背中を見送りつつ靴を脱ぎ、爪先《つまさき》をドア側に向けて三和土《たたき》に置き直す。

「失礼します」

スリッパは見当たらなかったので、靴下でフローリングに足を上げ、左右にドアがある内廊下を歩いた。先を行く同僚が、家主が開けっ放しにしていった内扉をくぐる。柊もあとに続いた。

（うわ！）

通り抜けたとたん、いきなり明るくて開放的な空間が目の前に広がって驚く。どうやらリビングとダイニングとキッチンを兼ね備えた主室のようだが、二十五畳ほどはあるのではないか。四角部屋なので二面の壁が大きく窓に割かれ、その両方から明るい陽光が差し込んでいる。四角い部屋の一角には、シンクと調理台とコンロを有するアイランドキッチンが見えた。オープン式のキッチンのほど近くに、木製のダイニングテーブルと椅子が置かれている。別のコーナーにはソファと肘掛《ひじか》け椅子がローテーブルを挟み込む形で配置され、ソファセットの背後の壁は天井までびっしり書架《しょか》で埋《う》まっていた。すごい量の本だ。

まだ新しい物件なのか、内装は新品同然にきれいだし、掃除も行き届いている。余計なものがないすっきりとした室内に、スタイリッシュなインテリアがセンスよく配置されている様はモデルルームさながら。失礼ながら、家主のもっさりとした風貌《ふうぼう》とは対照的だ。

件《くだん》の家主は、二つある肘掛け椅子の一つに腰を下ろし、向かい合わせに置かれているソファを顎で指して、「座れ」と命じてくる。

顎で指図するあたり、いささか横柄《おうへい》な印象を受けたが、同僚は慣れているのか「ありがとうございます」と応じてソファに腰を下ろした。この場のイニシアティブを持たない柊もそれに倣《なら》う。足元にブリーフケースを置き、スーツの内ポケットから取り出した名刺入れを膝の上に載せ、その上に両手を添えた。

（いよいよだ）

上司から重責《じゅうせき》を託《たく》されたはいいが、肝心の作家から拒絶されるケースもないとは限らない。失敗は許されないと、改めて気合を入れて、背筋をぴしっと伸ばした。

「先生、これ、大したものではないのですが……よろしければ」

同僚がローテーブルの上に持参した紙袋を置き、すっと押しやる。中身は会社の近くにある老舗《しにせ》和菓子店のわらび餅《もち》のはずだ。やわらかくて美味《おい》しいと評判が高いので、柊も時々手土産に使う。

だが穂高はちらっと紙袋を一瞥《いちべつ》しただけで、手に取ろうともしなかった。儀礼的な謝礼の一言もない。大作家ともなると手土産などもらい慣れていて、毛ほども有り難《あがた》みを感じないのか、それとも礼儀作法に頓着《とんちゃく》しないタイプなのか。

初対面の作家の性質を推し量《おはか》りかねていると、居住まいを正した同僚が切り出す。

「お忙しいところ、貴重なお時間を拝借《はいしゃく》して申し訳ありません。本日は新任担当者との顔合わせを兼ね、退職のご挨拶《あいさつ》をと思いまして、ご自宅に伺わせていただきました。――こちらが私の後任となります。柊です」

紹介を受けた柊はすくっとソファから立ち上がり、穂高が座る肘掛け椅子の斜め前まで歩み寄った。近くで見る作家は、そのガタイと強面《こわもて》の髭面《ひげづら》が相まって、威圧感がすごい。しかも実際、やくざの組長の用心棒が務まるくらい、腕《うで》っ節《ぷし》が強いという噂だ。

吹けば飛ぶような自分とはまさしく真逆で――。

(正直……苦手なタイプ)

つい漏れてしまった心のつぶやきを、あわてて否定した。

(ばか。なにを言ってるんだ。先入観を持つな)

自分を叱りつけた柊は、両手で持った名刺を穂高に差し出しつつ、体を垂直に折る。手と声が震えないように腹筋にぐっと力を入れると、顔を上げて、穂高をまっすぐ見た。

太い眉の下の黒い瞳と目が合う。強い眼差しに射貫《いぬ》かれ、肩が揺れそうになるのをなんとか堪《こら》えた。

「柊と申します。よろしくお願いいたします」

「…………」

大きな手が名刺を受け取ってくれて、密かに安堵の息を吐く。

「柊一路《いちろ》?」

「かずみちと読みます」

「名は体《たい》を表すではありませんが、柊は大変にまっすぐな男でして、これまでは実用書を主に作っていたのですが、息の長い良作を多数世に出しています。勤務態度も非情に真面目で実直で……とにかく、我が社のホープです」

後任者を売り込もうとしてか、同僚が懸命にヨイショの言葉を重ねてくれたが、おだてられ慣れていない柊は、聞いていて背中がムズムズした。真面目とか実直とか、確かに取り柄と言えばそれくらいなのだが、あまり褒《ほ》め言葉に聞こえないのはなぜだろう。

「穂高先生の新作は社運をかけたプロジェクトですので、考え得る限りでベストな人材を後任に選んだ次第です。柊は先生の大ファンでして、担当したいと自《みずか》ら志願して……な、柊？」

志願したわけではないので、え？　と思ったが、ここで否定すればせっかくの同僚のフォローが台無しだ。それに、穂高の本が好きなのは本当だった。担当することになる何年も前から、新刊は発売日前に予約して、欠かさず読んできた。

「は、はい。ファンです」

やや上擦《うわず》った声で肯定すると、穂高が「ふーん……」と疑わしげな声を出す。

本当に自分の仕事相手《パートナー》に相応《ふさわ》しいのか否かを値踏みするかのような鋭い眼差しで、頭のてっぺんから足元まで何度も往復されて、胃がきゅっと縮こまるのを感じた。内心の動揺を表に出さないよう、極力平静を装《よそお》う。幸か不幸か普段から表情筋が硬く、ポーカーフェイスは得意だ。

（それにしても遠慮がない……）

ありふれた眼鏡といい、ぺったり撫でつけた髪型といい、貧弱な体格といい、百七十ちょっとの身長といい――日本中に掃いて捨てるほどいるであろう平凡な容姿の自分のどこに、そこまでじっくり観察するポイントがあるというのか。しまいには心の深淵まで覗かれている気分になってきて、背中がぞわぞわし出した頃、穂高が不意に口を開いた。

「俺の本は読んだか？」

無精髭の浮いた顎を指で扱《しご》きながら訊いてくる。

無遠慮な視線から解放され、心底ほっとした。どうやら第一関門は突破したようだ。

よし。ここからは長年あたためてきた穂高作品に対する熱い想いを、作者本人を前にして解き放つターンだ。

「はい、もちろんです。先生の作品はどれも甲乙つけがたく名著ばかりですが、強《し》いて選ぶとすれば、私が一番好きなのは『黒果《こっか》』で……」

「そうじゃない」

代表作と名高い一冊を皮切りに、勇んで語り出そうとした矢先、低音に出鼻を挫《くじ》かれる。

「え？」

「龍生で出したエロ本だ」

「………っ」

まさかそう来るとはゆめゆめ思っていなかった柊は絶句した。

基本雑食で、見境なくなんでも読むが、実は一つだけ苦手で避けてきたのが官能小説というジャンルだった。もちろん、穂高が官能小説デビューなのは知っている。しかしあれは名義も違うし、発行リストにカウントしないものと思って読んでいなかった。正直なところ、デビューするため、生活のために書いた作品なのだろうと思い込んでいたのだ。大成功した人気作家にとっては、今更掘り起こしたくない黒歴史なのだろうと……。

（だが、違った？）

どうやら穂高は、虚《きょ》を衝《つ》かれた柊の表情から、未読であることを覚《さと》ったらしい。ただでさえ機嫌がいいとは言えなかった浅黒い顔が、みるみる険《けん》を孕《はら》んだ。

「話にならない」

苦々しげに吐き捨てられて色を失う。とっさに横目で窺った同僚も青ざめている。まずいよと、その顔には書いてあった。

「おまえのところの本だろうが」

それを言われるとぐうの音《ね》も出ない。

「は……はい、そ……それに関しましては……こ、これから」

なんとかおのれの失態をカバーしなければと焦《あせ》れば焦るほど、舌の根元が強ばり、しどろもどろになった。手も震えて、生《は》え際に脂汗が滲《にじ》む。

「ま、まさにこれから、拝読《はいどく》しようかと思っていたところでして……」

顔を引き攣《つ》らせて下手な言い訳をする柊を、穂高は憮然と見据え、おもむろに宣言した。

「次の本のテーマはエロスだ。ひさしぶりに官能小説を書く」

「ええっ……」

反射的に大きな声を出してしまい、目の前の男にじろっと睨みつけられる。

「なんだ？　文句があるのか？」

「い……いいえ……いいえ」

首を左右に振りながら、柊は、体中の血の気《け》が音を立てて引いていくのを感じていた。

エロス——よりによって、この世で一番苦手な題材《テーマ》……。


その後は、どうにか場を取り繕おうとする同僚の健闘も虚《むな》しく、気まずい空気が改善する兆《きざ》しが見えないまま、穂高のマンションを辞すこととなった。

（新担当者失格だ……）

穂高を失望させた。自分は失敗したのだ。はっきり口には出されなかったが、自分に対する穂高の蔑《さげす》むような目つきを見れば、合否《ごうひ》を聞くまでもなかった。

マンションからの帰路、同僚があれこれと慰《なぐさ》めの言葉をかけてくれたが、あまりにもダメージが大きすぎて、なにを言われたのかもよく覚えていない。

放心の体《てい》で会社に戻った柊はそれでも、三日前に移ってきたばかりのデスクにブリーフケースを置くやいなや、書庫に向かった。在庫を保管している外部倉庫とは別に、これまで発行した既刊がひととおり揃う書庫《アーカイブ》が社内にあるのだ。

まっすぐ官能小説の棚に足を運び、穂高蜜央名義の既刊をあるだけ引き抜いて、貸し出しノートに名前と書籍名を記入する。

借りた既刊を抱えて自席に戻り、全部で十冊の本をデスクに並べた。すべて文庫サイズで、一番新しいものでも、奥付の初版発行日が十年以上前だ。時代性を反映し、表紙からして一昔前感の漂う写実的なイラストが使われている。下着姿だったり、裸エプロンだったり、制服姿だったりする彼女たちは、一様に胸や尻を強調した、劣情《れつじょう》をそそるようなポーズで描かれていた。そこからしてもう直視できない。

覚えず、カバーの女性たちから目を逸らす柊の脳裏に、穂高の苛立《いらだ》った声が還《かえ》った。

——話にならない。

——おまえのところの本だろうが。

自分は無意識に、本に優劣をつけていた。穂高にとっては、どの本も心血《しんけつ》を注いだ大切な作品なのに、勝手に「黒歴史」だなんて決めつけて。自分の苦手意識から逃げていただけなのに。

穂高が怒るのは当然だ。自分の作品をないがしろにするような編集者を、誰がパートナーに選ぶというのか。

(逃げるな。これを乗り越えなければ、穂高先生との先はないぞ)

おのれを鼓舞《こぶ》した柊は、まずは一冊目に手を伸ばした。比較的ノーマルシチュエーションとおぼしき、制服姿のＯＬが表紙に描かれている本だ。

普通の男なら、自分の性癖を心得ていて、おのずと嗜好《しこう》に刺さる本を選ぶのだろう。

しかし柊にはそれがなかった。興味がないというよりも、性は嫌悪の対象だ。

子供の頃の、とある強烈な体験がトラウマになって、性的な事柄全般に嫌悪感を抱《いだ》くようになった。自分がセックスの当事者になるのはもちろんのこと、他人のそういった行為を見るのも苦痛だ。映画やドラマの濡れ場からは目を背《そむ》けるし、小説やコミックもその手のシーンは読み飛ばす。学生時代、女性談義や猥談《わいだん》などから意識的に距離を置いたせいで、自然と友人が少なくなった。

女性を見て欲求を感じるといった積極的な性欲はないが、体の機能自体は正常なので、どうしたって溜まる。仕方がないので、都度、機械的に扱いて処理してきた。社会生活を維持するために、歯垢《しこう》を除去したり、散髪したり、髭を剃《そ》ったりするのに近い感覚だ。

女性がきらいなわけではない。同僚や仕事相手をいい人だなと思ったり、かわいらしい女性だなと感じたりすることはある。だが、恋人としてつきあえば、いつかはセックスしなければならない。それがどうしても無理なので、一度も誰かを恋愛対象として見ることのないまま、この歳まできた。

思春期はそれなりに葛藤《かっとう》もあったが、ここ最近はそんな自分にも慣れ、むしろ恋愛感情に振り回されないのは楽だと思うようになっていた。

いまどき、三十を過ぎた独身男などめずらしくもなんともない。結婚したって夫婦間がうまくいかなくなって離婚することもあるし、子供ができたらできたで大変だ。

生涯一人で生きていくと腹をくくれば、結婚に付帯する人間関係の煩《わずら》わしさとは無縁でいられ、その分仕事に専念できる。

ただ、だからこそ妥協はできない。

自分には仕事しかないいんだ……。

改めて自分に言い聞かせた柊は、手許《てもと》の文庫を開いて読み始めた。

はじめは苦手意識が先に立ってなかなかページが進まなかったが、そこを我慢して読み進めていくうちに、ぐいぐいと物語に引き込まれて——気がつくと一冊読み終わっていた。

すぐに二冊目を手に取る。途中、コーヒーを淹《い》れるためとトイレのために離席《りせき》した以外は、ぶっ通しで読み続けた。

十冊すべてを読み終わったときには、部署には柊以外の誰も残っておらず、そろそろ日付が変わろうとしていた。最後の一冊をパタンと閉じて、目蓋《まぶた》の上からジンジンと痺《しび》れる眼球を押さえる。

（……すごいな）

義理の母と娘との３Ｐものや未亡人もの、奴隷《どれい》調教もの、ハーレムもの、ＯＬと職場でセックス三昧《ざんまい》など、個人的にまったく興味の持てない内容でも、これだけ引き込まれてしまうのだから、やはりこの時代から類《たぐ》い稀《まれ》なプロット力と筆力《ひつりょく》があったのだと思った。

自分にはほかの官能小説と比べることはできないが、エロティックな表現や言い回し、濡れ場の扇情的な描写など、読者が求める要素をしっかり満たしつつも、人物造形に深みがあり、ストーリーも起伏に富んでいて、いわゆる性処理のためのポルノ小説だけでは終わらない魅力があると感じた。

突出して売れた理由がわかった。

おもしろい本に出会えたとき特有の高ぶりを、熱っぽいため息に変換してふーっと吐き出した柊は、午前中に聞いた穂高の宣言を思い返した。

——次の本のテーマはエロスだ。ひさしぶりに官能小説を書く。

押しも押されもせぬヒットメーカーが、ここにきて、あえてエロスをテーマにするという。

それがなにを意味するのかを、知りたい。

編集者という立場を脇に置いても、知りたい。

純粋にそう思った。

二

翌日の夕刻、柊《ひいらぎ》は一人で穂高《ほだか》のマンションに向かった。

昨日の件のお詫《わ》びを兼ねてアポイントを取ろうと思い、朝から穂高に連絡を入れ続けていたが、何度送ってもメールに返信はなく、携帯電話も通じなかった。携帯、固定電話ともに留守録にメッセージを残したが、折り返しの電話はなし。

本当に留守なのか、居留守なのかも判断がつかない。忙しくてメールや携帯をチェックしていないのかもしれないし、あえてスルーされているのかもしれない。

昨日の初対面の失敗を思えば、後者である可能性のほうが高かった。

後任の担当者に失望した穂高が龍生《りゅうせい》での新作出版自体を取りやめると言い出したら、それこそ取り返しがつかない。自分を抜擢《ばってき》してくれた部長をはじめとして、会社のみんなに申し訳が立たない。

デスクに向かっていても焦燥《しょうそう》がじりじりと募《つの》ってきて尻が落ち着かず、じっと座っていることに耐え切れなくなった柊は、ついに立ち上がった。おそらく、待っていても穂高から連絡が来ることはないだろう。これはもう、一か八か行ってみるしかない。

(当たって砕けろだ)

そう腹を固め、取るものも取りあえず会社を出たのは四時過ぎ。

会社から穂高のマンションまでは五十分ほどの距離だ。五時少し前に高級マンションのエントランスに到着して、オートロック操作盤に向かった。乱れ打つ胸の鼓動を宥《なだ》めつつ、穂高の部屋番号のボタンを押す。

しばらく待ったが応答なし。やはり留守なんだろうか。

諦めきれず、立て続けにボタンを押す。

「…………」

それでも沈黙し続けるインターフォンに小さくため息を吐き、ゆっくりと踵《きびす》を返した。一歩足を出したとき、背後でブツッという音が鳴り、『うるせえ！』と怒鳴り声が響く。

「……っ」

穂高の声だ。

ぱっと振り返った柊は、インターフォンに飛びつくようにして「龍生出版の柊です」と名乗った。直後、モニターに自分の顔が映っていることに気がつき、努めて冷静さを取り繕《つくろ》う。

「突然で申し訳ございません。本日は昨日のお詫びと、弊社の本の感想をお伝えに参りました」

『読んだのか』

「はい。十冊すべて読ませていただきました」

『……入れ』

ピーッとシグナルが響き、自動扉のロックを解除された。脱力して、その場にしゃがみ込みそうになるのをぐっと堪《こら》える。まだだ。まだ気を緩めるのは早い。

自分を戒《いまし》めながら、エレベーターで五階に上がり、穂高の部屋の前まで行った。

ドアの横のインターフォンを押したが応答がない。一分ほど待ってから、はたと思いつき、ドアレバーを摑んで回した。鍵はかかっていなかった。自分のために解錠《かいじょう》しておいてくれたのだろうか。

(つまり、勝手に入れ……ということか?)

そう解釈して、そろそろとドアを開く。

「失礼します。龍生出版の柊です」

玄関口で声をかけたが、穂高は出てこなかった。三和土《たたき》に足を踏み入れ、さらに一分ほど待っても、いっこうに姿を現す気配がない。なんらかの理由で手が離せないのかもしれないと考えた柊は、靴を脱いで室内に足を上げた。

「お邪魔します……先生……どちらにいらっしゃいますか?」

内廊下を進んでリビングまで行ったが、ここにも穂高の姿は見当たらない。

さっき下のインターフォンで言葉を交わしているので、室内のどこかにいるのは間違いない。

自分の来訪を認識しているのだから、いずれ姿を見せるはずだ。導き出した推論に基づき、ブリーフケースを片手に直立不動で家主を待っていると、そのうちにどこからともなく人の呻《うめ》き声のようなものが聞こえてきた。

(どこからだ?)

耳をそばだてて発信源を探っていた柊の目が、昨日の時点では認識していなかった壁際のドアを捉《とら》える。まだ続いている呻き声を耳にして、はっと気づいた。

(もしかして穂高先生の声?)

ひょっとしたら穂高は、インターフォンに出たあとで急に具合が悪くなって、あのドアの向こうで苦しんでいるのかもしれない。

その可能性に思い当たったら、もはやじっとなどしていられず、件《くだん》のドアに駆け寄った柊は、ドアレバーを摑んだ。

ガチャッと押し開けたドアの向こう側の光景に固まる。

「………っ」

どうやらそこは寝室であったらしく、大きなベッドが中央に置かれており、その上で裸の男女が絡み合っている真っ最中だったからだ。

「あっ……んっ……ぅんん」

柊が呻き声だと思ったのは、男性に後背位《こうはいい》で攻め立てられている女性の喘《あえ》ぎ声だった。

第三者の乱入などお構いなしに激しくまぐわい合う男女。彼らを前にして、フリーズした柊の手からブリーフケースがどさっと落ちる。見ず知らずの男女が目の前でセックスしているというシチュエーションがにわかに現実とは思えず、柊は両目を極限まで見開き、口をぱくぱくと開閉した。

「なっ、なっ……」

なぜ？　穂高の寝室で？　こんなことが？

混乱のあまりに、二日続けてよく眠れなかったせいで、白昼夢を見ているのではないかとさえ思った。

呆然と立ち尽くしていると、「おう、来たか」と声がかかり、誘《いざな》われるように声の方角を見た柊は、いよいよ瞠目《どうもく》する。

穂高がベッドの脇に置いた椅子に腰掛けて、男女のセックスを観察していた。

「こっちに来い」

視線をベッドに据《す》えた穂高に呼ばれたが、足が竦《すく》んで動かない。

「こ、こ、この方たちは？」

硬直したまま、上擦《うわず》った声で尋ねた。

「デリバリーで頼んだプロのセックスワーカーだ」

「プロのセッ……な、なんのために……ですか？」

「なんのため？　新作のインスピレーションを摑むために決まってるだろうが」

苛立《いらだ》った声音で言い返される。

確かに穂高は、小説の題材を自《みずか》ら徹底的に体験取材する作風で知られている。

そして昨日、次のテーマはエロスだと言っていた……。

「自分でやってちゃ客観的に観察できないからな。かといってAV動画の類《たぐ》いは、ドキュメンタリー風を装《よそお》ったところで所詮は作為的に編集されている。作り手の思惑が邪魔だ」

低音でぶつぶつとひとりごちていた穂高が、「おい！」と声を荒らげた。

「なにを突っ立ってるんだ。おまえも近くで見ろ」

（近くで？）

ふるふると首を横に振る。そんなの無理だ。この位置ですら、いまにも吐きそうなのに。

「あーっ……あーっ……イクッ……イクぅーっ」

クライマックスが近いのか、女性がひときわ高い嬌声《きょうせい》を放った。

ベッドがギシギシ軋《きし》む音、肌と肌がパンパンとぶつかり合う音、結合部から漏れる生々しい水音、男性の荒い息づかい、女性のよがり声、噎《む》せ返るような汗のにおい……。

（気持ち……悪い）

一度そう思ってしまったら、もう駄目だった。口を手で塞《ふさ》いでじりじりと後ずさり、背中が壁にどんっとぶつかったのを機にくるりと反転してドアを開けた。ふらつく足取りでリビングを横断し、靴に足を入れるのももどかしく、玄関から飛び出す。

外廊下に出たとたん、我慢していた嘔吐感《おうとかん》が一気に喉元まで迫《せ》り上がってきた。

「うええっ……」

急激な嘔吐《えず》きに抗《あらが》えずに、廊下の隅に吐く。不幸中の幸いと言おうか、食欲がなくて昨晩と今朝なにも食べなかったせいで、胃は空っぽだった。胃液しか出ないのに突き上げるような吐き気が止まらず、しゃがみ込んで床に手を突き、何度か「おえっ、うえっ」と嘔吐する。

「……はあ……はあ」

ようやく胃の痙攣《けいれん》が治まり、眼鏡をずり上げて眦《まなじり》の涙を拭《ぬぐ》っていると、出し抜けに肩を摑まれた。びくっとおののき、ばっと振り返った背後に穂高の姿を認める。柊の頬に残る涙の痕《あと》を一瞥《いちべつ》して、穂高が太い眉をひそめた。

「……吐いたのか？」

その問いかけで、はっと我に返る。

（先生の部屋の前でなんという失態《しったい》を！）

とんでもないしくじりに蒼白《そうはく》になって立ち上がり、体を二つに折って頭を深々と下げた。

「も、申し訳ございません！　いますぐ片付けますので……っ」

「この程度で吐くほど潔癖じゃ俺の担当は務まらない」

抑揚《よくよう》のない声音が耳に届いた瞬間、がばっと顔を上げる。視界に映り込んだ穂高の目は、これまでに見たなかで一番冷ややかだった。

「もういい。今後二度と顔を出すな」

低い声で出禁を命じられ、頭を鈍器《どんき》で殴られたみたいな衝撃を受ける。

「せ……先生！　ま、待ってください！」

背中を向けた穂高に追い縋《すが》ったが、鼻先でバタンとドアを閉められてしまった。追い打ちをかけるように、ガチャッと鍵をかける無情な音が響く。

「先生！　お願いします！　先生！」

ドアに縋りついて、柊は叫んだ。

「話をっ……もう一度だけチャンスをください！　先生っ！」

しかし必死の懇願《こんがん》も空《むな》しく、閉じられたドアが二度と開くことはなかった。


固く閉じられたドアからのろのろと離れ、一階の管理人室までとぼとぼと歩いて行き、「急に気分が悪くなって廊下を汚してしまったので、掃除道具を貸していただけませんか」と頼み込んだ。ブリーフケースは穂高の部屋に置いてきてしまったが、名刺入れは携帯していたので、訝《いぶか》しげな管理人になんとか身元を証明することができた。

バケツと雑巾《ぞうきん》を借り、そのバケツに水を入れさせてもらって、穂高の部屋まで引き返す。すると、先程まではなかったブリーフケースがドアの前に置かれていた。おそらく柊の忘れ物に気がついた穂高が、取りに来たときに備えて予《あらかじ》め外に出したんだろう。二度と自分とは顔を合わせたくないという意思表示。完全なる拒絶。

（……そこまで嫌われてしまったのか）

完璧に見限られた……。

ただでさえ重苦しかった胃が、さらにずしっと一段沈み込むような感覚に、柊は奥歯を噛み締めた。落ち込むとかへこむとか、そんな生やさしいものじゃない。できることならば自分という存在を、地中深くまで埋《う》めてしまいたいと思った。

（……自分を消し去るにしても、廊下をきれいにしてからだ）

思い直して雑巾を水に浸《ひた》して絞《しぼ》る。廊下に這いつくばり、胃液を拭き取った。汚れた雑巾をバケツの水ですすいで、手のひらが真っ赤になるほどきつく絞っていると、抑揚のない低音が脳内再生される。

――この程度で吐くほど潔癖じゃ俺の担当は務まらない。

穂高の言うとおりだ。

いまの自分では、穂高の執筆の伴走者《ばんそうしゃ》になれない。補助《サポート》をするどころか、彼の足を引っ張ってしまう。

担当替えを願い出たほうが穂高のため——延《ひ》いては龍生のためかもしれない。

そうだ。そのほうがいい。代わるなら早いほうがいい。いまならまだ部長も会社にいるはずだ。急ぎ帰社《きしゃ》して事情を説明し、期待に添えず申し訳ありませんと頭を下げる。抜擢してくれた部長には失望されるだろうし、念願だった文芸班からも異動させられるかもしれない。たとえそうであっても、穂高を怒らせて、龍生での執筆自体がなくなるよりは百倍いい。

そう正論を吐く自分とは裏腹に、もう一人の自分は、本当にそれでいいのか？　と痛いところを突いてくる。

結局……また逃げるのか、と。

会社の業績悪化も出版不況も、このままでは駄目だとわかっていながら、日々の業務に追われて具体的なアクションを起こしてこなかった。多忙を理由に問題を先送りにしてきた。

セックスに関しても、もうトラウマは乗り越えたと思っていたが、その実まったく克服などしていなかった。不快なものを視界に入れないように、ひたすら目を逸《そ》らし続けてきただけだ……。

それが今日はっきりした。

いまこうして最悪な状況に陥《おちい》っているのは、誰のせいでもない、自分のせい。

これまで自分の暗部と向き合わずに、逃げ続けてきたツケが回ってきたのだ。

（このままじゃ駄目だ）

いまの自分では、ドアのなかに入れてもらえない。

いつまでも、この場所に立ち竦んだままで、どこへも行けない。

雑巾から手を離して立ち上がった柊は、固く閉じられたドアを見据えてひとりごちた。

「どこへも……行けないんだ」


翌日から、柊の〝穂高詣《もう》で〟が始まった。

昼休みと会社帰りの計二回、穂高のマンションに日参したが、そもそも一階のエントランスで撥《は》ねられて、建物のなかにすら入れてもらえない。メールは何度送ってもオールスルー。携帯や固定電話は、仕事の邪魔になるのを危惧して自粛《じしゅく》した。

穂高はまだ「担当替え」の要請を会社に伝えていないらしく、部長や同僚たちは、自分が出禁を食らったのを知らないようだ。それだけが救いと言えば救いだった。早晩《そうばん》、報告を上げなければならなくなるだろうが、いまはまだ諦めたくない。一パーセントでも可能性が残っているのならば、それに縋りたい。

ずっと憧れていた作家と一緒に仕事ができる千載一遇のチャンスを、自分はふいにしてしまった。

痛恨の極み、慚愧《ざんき》に堪《た》えないとは、まさにこのことだ。

取材現場から逃げ出してしまったという史上最悪の失態と、そんな自分を見限った穂高の侮《ぶ》蔑《べっ》の表情を思い出すたび、胃が引き攣《つ》るようにキリキリと痛む。胃の不調のせいで、もともとそう多くなかった体重がさらに減り、睡眠不足も相まって体調はボロボロだ。ただ普通に歩いているだけでも足元がふらつき、穂高のマンションに至る坂道の途中で、何度もブレイクを入れなければならなかった。

いまの柊をかろうじて支えているのは、閉じてしまった穂高の心のドアを、どうにかして開きたいという一念だった。

いや、単に未練なのかもしれない。

出禁を申し渡されてから、柊は穂高の作品を――蜜央名義の官能小説も含めて――いちから読み返した。筋はもちろん知っているし、主要な台詞《セリフ》はほぼ暗記している。結末だってわかっているのに、気がつけば夢中になって読んでいる。物語の世界に没入《ぼつにゅう》している最中《さいちゅう》だけは、自責の念から解放されることができた。

穂高に切り捨てられたことで負《お》った心の傷を、穂高作品で癒《いや》す。自分でも自虐的《じぎゃくてき》だと思ったが、不思議と癖になり、止めることができなかった。そうやって、読み込めば読み込むほどに、やはりどうしても穂高と仕事がしたいという思いが募って抑《おさ》えられなくなっていく――。

〝穂高詣で〟を始めて十日目の夜。

会社帰りに、いつものように穂高のマンションへと向かう途中で雨が降ってきた。ぱらぱらっと来たかと思うと、あっという間に本降りになる。家を出る時点では終日曇《くも》りの予報だったので、傘を持っていなかった柊は、たちまちずぶ濡れになった。全身から雫《しずく》を滴《したた》らせてマンションのエントランスに立ち、インターフォンを鳴らすも、例によって応答はない。

（今日も門前払いか）

肩を落として踵を返したかけたとき、ピーッという解除シグナルが響いた。

「………っ」

あわてて振り返り、エントランスの自動扉が真ん中から開いていくのを、両目を見開いてガン見する。それくらい驚いたのだ。

（ドアが……開いた！）

それでもまだ、なにかの間違いじゃないかと疑いつつ、ロビーを横切ってエレベーターに乗り込む。五階で下りて穂高の部屋まで歩くあいだも、疑心暗鬼は消えなかった。

やっと辿り着くことができた玄関ドアを感慨深く見つめ、何度か躊躇《ためら》ったのちに、インターフォンを押す。

ドキドキして待っていると、ほどなくしてガチャッとドアが開き、穂高が顔を覗かせた。びしょ濡れの柊を見るなり顔をしかめ、すっと引っ込む。バタンとドアが閉まった。

（えっ……？）

閉じられたドアを呆然と眺めていた柊は、ワンテンポ遅れであっと気がつく。エントランスの自動扉を開けてもらえたのがうれしくて、つい部屋の前まで来てしまったが、こんな濡れ鼠《ねずみ》で目の前に立たれても、穂高だって迷惑だろう。

どうしよう。出直そうかと迷っていたら、ふたたびドアが開き、隙間からぬっと手が出てきた。タオルを掴んだ穂高の手だ。

「これで拭け」

「えっ……でもタオルが濡れてしまいます」

「なんのためのタオルだ。いいから早く拭け」

苛立った声で急《せ》き立てられ、おずおずとタオルを受け取る。

「あ、ありがとうございます」

柊が髪やスーツの水分をタオルで拭う様子を黙って見ていた穂高が、大方拭き取ったのを見計らったかのように「入れ」と促《うなが》した。

「えっ……よ、よろしいのですか？」

仮に話ができたとしても玄関先だと思っていたので、望外の招きに驚く。

「そんなずぶ濡れで外をうろついたら風邪を引く」

不機嫌そうな表情で低音を落とすと、穂高はドアを大きく開け、重ねて「入れ」と促し、顎《あご》をしゃくった。これ以上遠慮するのも、それはそれで感じが悪い。そう思った柊は、恐縮の面持ちで玄関に体を入れた。

「……お邪魔します」

ドアを閉め、鍵をかけた穂高が、無言でシューズボックスを開ける。なかからルームシューズを取り出して、「これを履《は》け」と柊に手渡し、自分は先に部屋に足を上げた。リビングに向かう、大きな後ろ姿をぼんやり眺めていて思いつく。

もしかすると穂高は、インターフォンのモニターでびしょ濡れな自分を見て、自動扉のロックを解除してくれたのではないか。今日に限って開けてくれた理由は、それくらいしか思い当たらない。

自分が風邪を引いたところで、穂高自身は痛くも痒《かゆ》くもないのに……見て見ぬ振りができなかったのだろうか。やはり、穂高作品の主要キャラクターに通底《つうてい》する情の深さは、作者の人柄から来るものなのだ。

冷え切った体の奥が、じんわりと温《ぬく》もるのを感じながら、穂高に続いてリビングに通じる内扉をくぐり抜ける。

「失礼します」

十日ぶりに足を踏み入れたリビングは、前回とだいぶ様相が違った。アイランドキッチンのシンクには使用済み食器が積み重なり、カップラーメンやコンビニ弁当の残骸《ざんがい》も山と積まれている。ダイニングテーブルにはビールの空き缶、ワインの空き瓶《びん》、使用済みのグラスが所狭しと置かれ、フローリングの床はレジ袋、スナック菓子の空き箱、くしゃくしゃの新聞、チラシ、脱ぎっぱなしの衣類、丸まったブランケット、バスタオルなどで足の踏み場もなかった。

荒れた室内に比例して、よく見れば家主の穂高自身も、以前にも増して髪がぼさぼさだ。軽く二週間は剃《そ》っていないとおぼしき無精髭《ぶしょうひげ》で顔の下半分が覆われ、肌は土気色、白目は濁《にご》り、目の下にはどす黒いクマが張りついている。衣類は前回と同じスウェットの上下で、足はお約束の素足。

これは編集者としての経験値に基づく見解だが、作家のＱＯＬが著《いちじる》しく下がる理由は二つのうちどちらかだ。

一、プロットが思うように進まない。

二、原稿に詰まっている。

(この場合、おそらくは一)

「おまえもいい加減しつこいな。毎日毎日……日に何度も」

キッチンに立ち、ケトルにペットボトルの水を注《そそ》ぎ入れながら、穂高が苛立った声を発した。

「三顧《さんこ》の礼か、ったく」

「すみません。ご不快なのは承知の上で、どうしても申し上げたいことがありまして」

「申し上げたいこと？」

穂高がケトルをコンロに置いて火を点《つ》ける。雨に濡れた自分のために、なにか体があたたまるものを淹《い》れてくれるつもりなのかもしれない。横柄《おうへい》に見えて、その実心根がやさしい男の人柄を知るほどに、このままでは引き下がれない心持ちになった。

「先生」

じりじりと穂高に歩み寄った柊は、思い詰めた顔つきで切り出す。

「私に新作のお手伝いをさせてください」

穂高がちっと舌打ちをした。

「だから、おまえには無理だと……」

「セックスワーカーをわざわざ呼ばずとも、私が取材対象になります」

否定の言葉を遮《さえぎ》って申し出ると、穂高が片眉を上げて「ああ?」と不可解そうな声を出す。

もはや躊躇っている場合ではなかった。これがおそらく最後のチャンスだ。

意を決した柊は、穂高をまっすぐに見据えた。

「お恥ずかしながら、私はこの年まで童貞です」

恥を忍んで告白した柊に、穂高が虚《きょ》を衝《つ》かれた表情をする。

「先生のお望みどおり、おっしゃることはなんでも、どんなことでもやります。どうか新作のために、まっさらなこの体を使ってやってください!」

懇願するなり、その場にばっと正座した。

「お願いします!」

床に額を擦《こす》りつける。生まれて初めての土下座だ。事前にそうしようと考えていたわけではなく、気がつくと体が自然と動いていた。

「…………」

穂高はなにも言葉を発さず、しばらく気まずい沈黙が続く。重たい空気を引き裂くように、突如としてケトルがピーッと鳴き出し、カチッと火を止める音が聞こえた。

「顔を上げろ」

頭上から命令口調が落ちてきて、そろそろと顔を上げる。上目遣いに窺う浅黒い面は、髭に覆われているせいで表情が読み取りづらく、黒い瞳に宿る感情が怒りなのか、蔑《さげす》みなのかもわからなかった。

「……そこまでして俺の原稿が欲しいのか」

やがて、低い声が問うてくる。

ここできれいごとを言って取り繕ったところで、穂高にはお見通しだろう。そう思った柊は腹をくくり、「欲しいです」と答えた。

「龍生出版の社員として、先生のお原稿をいただくのは私の使命です」

「ふん」

「でも、それだけではありません。私自身、編集者として、いまのままでは先がありません。私は、先生の担当編集者に相応《ふさわ》しい人間になりたい……」

焦燥に急き立てられるように、切実な思いを吐露《とろ》する。

「そのために変わりたいと思っています」

「これまでの自分を捨てる覚悟があるってことか」

覚悟を問われた柊は、穂高の目を揺るぎなく見返して、「はい」と答えた。

柊の真剣な眼差しを受け止め、穂高がじわりと目を細める。そのまま十秒ほど黙っていたが、不意に口を開いた。

「……よし、わかった」

「先生！」

喜色《きしょく》を浮かべて腰を浮かせた柊に、穂高が命じる。

「おまえ、ここに住め」

「え？」

なにを言われたのか、すぐにはぴんと来なかった。ぽかんと口を開けて穂高の顔を見返していた柊は、周回遅れでシナプスが繋がった瞬間、「えええっ」と動揺した声を出す。

「す、住めって……ここにですか⁉」

「童貞ってことは独り身だろ？」

「は、はい……独身です」

「だったら問題ないだろう。どうした？　なんでも、どんなことでもするんじゃなかったのか？　さっきのはハッタリか？」

煽《あお》り立てるような物言いに誘い出され、気がつくと強い口調で「ハッタリなんかじゃありません！」と言い返していた。

「じゃあ決まりだな。明日からこの部屋に移って来い」

（先生と同居？　それも明日から？）

強引で唐突なオーダーに冷や汗を掻《か》きつつも「……はい」と応じる。

あそこまで大口を叩いておいて、今更できませんなどとは死んでも言えなかった。

それに……もろもろ不安要素はあるけれど、もう一度チャンスをもらえたのは紛れもない事実だ。

（そうだ。これは挽回《ばんかい》のチャンスだ）

床に正座したまま、膝の上の両手をぎゅっと握り締めて、柊はラストチャンスを手に入れることができた喜びを噛み締めた。

三

その夜、一人暮らしのアパートに戻った柊《ひいらぎ》は、穂高《ほだか》との同居生活に当面必要なものをスーツケースにまとめた。細々《こまごま》とした生活用品と衣類――シャツやセーター、ボトムなどの日常着、下着、寝間着――を詰める。これに仕事道具であるノートパソコン、そして携帯があれば、大方こと足りるだろう。

同居がどの程度続くのか、現時点では予測できない。プロットができるまでなのか、それとも原稿が上がるまでなのか。

共同生活がうまくいかず、早々に穂高から「もう帰れ」と放逐《ほうちく》される可能性も充分にあるので、荷物は最小限にした。穂高のマンションから柊のアパートまでは一時間弱だ。足りないものが出てきたら、都度《つど》取りに戻ればいい。

部長には電話で、「しばらく穂高先生のお宅に泊まり込みでプロットを詰めます」と連絡を入れた。

「なにかありましたら携帯に連絡をいただけますか。こちらからも定期連絡を入れますので」

『わかった。がんばってこい。期待しているからな』

部長のエールに背中を押され——翌日の午前十二時ジャスト。スーツの上にステンカラーコートという平素と変わらぬ出で立ちで、穂高のマンションのエントランスに立った柊は、インターフォンを鳴らした。本当はもっと早くに到着したかったのだが、午前中は穂高がまだ寝ていると思って、十二時まで待ったのだ。

夜型の穂高は朝が苦手で〝午前中はほぼ使い物にならない〟ことは、初めての訪問の帰りに、同行した同僚から聞いた。だから初っ端《しょぱな》から不機嫌だったのかと納得したが、正直その時点で聞かされても、時すでに遅しの感は否めない……。退職の挨拶《あいさつ》回りで多忙な同僚は、あの日のあの時間帯しか体が空いておらず、引き継ぎが午前中になったのはやむを得なかったようだが——。

柊の予感は的中し、玄関のドアを開けた穂高は、見るからに寝起きといった風貌《ふうぼう》をしていた。それでも、スーツケースを引く柊に、「入れ」と言ってくれたのには内心ほっとした。いざ勇んで乗り込んでみたら、穂高のほうはすっかり昨日のことなど忘れていて、けんもほろろに追い返される——という懸念《けねん》も拭《ぬぐ》い切れなかったからだ。

（よかった。ちゃんと覚えていてくれた）

通されたリビングは片付けられた気配がなく、荒れたままだった。いや、むしろ昨日より荒れている。どうやら昨夜《ゆうべ》もプロットは進まなかったようだ。

自身のむさ苦しさにもいっそうの拍車がかかった穂高が、柊の視線に気がついたのか、「汚ねえだろ」と自嘲を浮かべる。

「俺は家事全般が苦手でな」

それは言われずとも薄々わかっていた。

「派遣会社と契約して週二でハウスキーパーに来てもらっていたんだが、いろいろ煮詰まってくると、他人が家に出入りするのがストレスになってきて……いまはストップしている」

その結果、部屋は荒れ放題ということのようだ。

「……でしたら、私との同居もストレスなのではありませんか？」

心配になって尋ねると、「わからん」という率直な答えが返ってくる。

「これぱっかりは実際やってみなけりゃ、吉と出るか、凶と出るかわからんだろ。ただし、おまえがうまいことインスピレーションを与えてくれれば、プロットが固まってストレスの大元が解消する。俺はそっちの目に賭けたってわけだ」

「……はい」

責任重大だと、改めて身が引き締まった。

「これからざっと室内を案内する。リビングと寝室……は見たな？　部屋はあと二つ。書斎兼俺の仕事部屋とゲストルームだ。滞在中、おまえはゲストルームを使え。それと、こいつを渡しておく。スペアキーだ。一階のオートロックもこのキーで開く」

「ありがとうございます」

スペアキーを受け取って頭を下げた。これでいちいち穂高の手を煩《わずら》わせずに済む。

「ついてこい」

先に立ってリビングから内廊下に出た穂高は、左右のドアを順に一つずつ開け、「バスルームとパウダールーム」「トイレ」「書斎兼仕事部屋」と説明してくれた。

「ここがおまえの部屋だ」

最後に開けたドアの向こうは、すっきりと片付いた十畳の洋間だった。調度品はベッドとデスク、椅子、チェスト。すべてシンプルで趣味がよく、内装もシックで落ち着いた色合いでまとめられている。白い壁の一面が作りつけのクローゼットになっており、床はライトブラウンのフローリング。窓には生成《きな》りのカーテンが下がっていた。

六畳プラス三畳のキッチンという平凡な間取りの、自分のアパートの部屋より広い。穂高のマンションが賃貸なのか分譲《ぶんじょう》なのかはわからないが、もし賃貸だとしたら、立地から推定して、月額賃料は五十万をくだらないのではないか。そんな超高級マンションの一室に、タダで間借りさせてもらうのが急に心苦しくなった。

ひととおり案内してもらった時点で、家主に「あの」と切り出す。

「こちらにお世話になっているあいだ、家事を担当させていただけませんか？」

穂高が眉をひそめた。

「そんなことはしなくてもいい。掃除や料理はおまえの仕事じゃないだろう」

もっともな言い分だったが、柊自身、やや潔癖症のきらいがあり、汚い部屋で暮らすのは精神的にキツい。穂高だって、好んで汚部屋《おべや》にいるわけではないはずだ。

「私の仕事は、先生の執筆が少しでも捗《はかど》るようにサポートすることです。サポート業務には、清潔な住居やあたたかい食事といった生活環境を整えることも含まれます」

「………」

「一人暮らしが長いので、掃除、炊事、洗濯、どれも苦ではありません。プロの方のお仕事に遠く及ばないのは重々承知ですが、先生が原稿に専念できるように、私にハウスキーピングを任せていただけませんか」

言い募《つの》ると、穂高がガリガリと頭を掻いて、面倒くさそうに言い放った。

「そこまで言うなら好きにしろ」

「ありがとうございます」

家主の承諾を得た柊は、早速、スーツから白シャツとVネックセーター、ボトムという日常着に着替えて、大掃除に取りかかった。

散らばっていたゴミを片付け、シンクに重なっていた食器を水洗いして食洗機にかける。片づいたシンクのステンレスをぴかぴかに磨《みが》き上げ、リビングは掃除機をかけて拭《ふ》き掃除をした。窓ガラスも拭く。

キッチンとリビングが終わったら、次は寝室。さすがに十日前の男女のセックスの形跡《けいせき》は残っていなかったが、穂高が起き出したままだったベッドから、枕カバーとシーツと布団カバーを剝がして洗濯機に入れた。洗濯機を回しているあいだに、トイレ、パウダールーム、バスルームと攻略していく。書斎兼仕事部屋は、穂高が仕事をしていたので、手をつけなかった。洗い終わった洗濯物をランドリーバスケットに詰め込み、バルコニーに運んで干す。洗濯機は最新式で乾燥機能もついていたが、幸いにも今日は終日晴れの予報だし、天日干しのほうがやっぱり気持ちがいい。脱ぎっぱなしで放置された衣類がだいぶ溜まっていたので、洗濯機は二度回した。

「先生、いまからお湯を溜めますので、お風呂に入られませんか?」

頃合いを見計らい、書斎を覗いて声をかける。

「シャワーは寝る前に浴びているぞ」

それも毎日ではないだろうと思ったが、あえて追及せずに「シャワーでは根本的な疲れは取れません」と説明した。

「適温のお湯にゆっくり浸《つ》かって血の巡《めぐ》りをよくすれば、頭の働きもよくなります」

穂高はうるさい小姑《こじゅうと》を見るような目つきをしたが、一理あると思ってくれたのか渋々とうなずいて、柊が天井まで磨き上げた風呂に入った。そのタイミングで買い物に出る。エレベーターのなかで近隣のスーパーの情報をスマホで検索し、安くて品揃えがいいと評判のスーパーに向かった。キッチンを片づけたときの様子では、毎食カップ麺《めん》か弁当で済ませていたようだ。執筆は頭脳労働だと思われがちだが、その実肉体労働であり、作家は体力が資本――というのが柊の持論だ。栄養が偏《かたよ》った食生活をしていると、徐々に体力が落ち、気力が失われ、集中力も続かなくなる。炭水化物、タンパク質、脂肪の三大栄養素をメインに、ビタミン、カルシウム、鉄分なども満遍《まんべん》なく摂《と》れるメニューを組み立てながら、スーパーでの買い物を済ませてマンションに戻った。

リビングのアイランドキッチンに、ぎっしりと中身が詰まったレジ袋を二つ置いた柊は、寝室のドアが開く気配に背後を振り返る。

「ただいま戻りまし……」

そこには、初めて見る男が立っていた。長身で、がっしりとした体躯《たいく》の男前だ。オールバックにした濡れ髪が、ただでさえ立体的な貌《かお》の彫《ほ》りの深さを際立たせている。秀《ひい》でた額《ひたい》、高い鼻梁《びりょう》、黒々とした眉、神秘的な漆黒《しっこく》の双眸《そうぼう》、肉感的な唇。ボタンを二つ開けた白いシャツから覗く、鞣《なめ》し革《がわ》のような浅黒い肌。黒いボトムに包まれた長い脚。

頭のてっぺんからじわじわと視線を落としていって、裸足の足に辿り着いた瞬間、「あっ」と声が出た。ギリシャ型！

（えっ……じゃあ、この男前は穂高先生!?）

思わず眼鏡のブリッジを中指でカチッと押し上げる。

無精髭《ぶしょうひげ》を剃《そ》って髪を撫でつけ、こざっぱりとした服装をした穂高は、五割増し男ぶりが上がっていた。いや――実際は逆で、もともと男前だったのが、自分を構う暇や精神的余裕がなくて小汚くなっていた――のが正解か。

「買い出しに行ったのか？　かかった金はあとで請求してくれ」

近づいてきた穂高が、アイランドキッチンの上のレジ袋を見て言った。

「あ……はい」

「風呂、きれいにしてくれてありがとう。確かに、ゆっくり湯に浸かると気分が変わるな。肩の力が抜けてリラックスできた」

素直な感謝の言葉に面食らう。入る前は面倒くさそうだったが、実際に入浴して、リラックス効果を実感したようだ。

「それは……よかったです」

もごもごと口のなかでつぶやいた柊は、レジ袋に手を突っ込んで食材を取り出した。冷凍保存するものとそうでないものに仕分けしつつ、キッチンの冷蔵庫からミネラルウォーターのボトルを取り出している男をちらちら盗み見る。

（それにしても……）

なにもかも揃った人間など、小説か漫画の作中にしか存在しないと思っていたが、稀《まれ》に実在するのだ。

才能に溢れ、ヒットメーカーで、顔面偏差値が高くて、さらに背も高いなんて、前世でどんな徳を積めばこんなふうに生まれつくことができるのだろう。

さぞや女性にモテるに違いない。現在どうやら結婚はしていないようだが（一人暮らしだし左手の薬指に指輪がない）、おそらく恋人は途切れなくいて……とそこまで考えて、穂高のプライベートに（脳内で）立ち入りかけている自分にストップをかけた。

（これ以上は越境《えっきょう》行為だ）

ふるっと頭を振った弾《はず》みで、穂高の姿が目に入る。ミネラルウォーターを流し込む喉《のど》が野性的に上下するのをぼんやり眺めていると、視線を感じ取ったらしき穂高がこちらを見た。ばちっと目が合って、あわてて逸《そ》らす。

（ばか。いまのは不自然だったぞ）

「夕食まで仕事をする」

ビジュアルが変わると声まで渋く聞こえるからおかしなものだ。

「はい。支度ができましたら、お声がけします」

穂高は龍生の書き下ろし以外にも、週刊誌や文芸誌に連載を複数抱えている。いずれかの締め切りが近いのだろう。

穂高がふたたび書斎に籠もったので、柊は夕食作りに取りかかった。

献立は、鳥のささみとほうれん草のごま和《あ》え、秋鮭《あきざけ》ともやしの味噌だれ蒸し、エノキと牛肉の炊き込みご飯、豆腐とわかめの味噌汁。

一応、旬の食材を使い、栄養のバランスを考えた献立だ。

炊き込みご飯が炊きあがったところで、書斎のドアをノックする。

「先生、夕食の支度が整いました」

ガチャッとドアが開き、穂高が出てきた。リビングに移動した穂高が、ダイニングテーブルに並んだ料理を見て「おっ」と声をあげる。

「すごいな」

「お口に合うかどうかはわかりませんが」

向かい合っての食事になったが、無精髭のない顔に慣れず、微妙に座り心地が悪かった。

「美味《うま》い」

料理に箸《はし》をつけた穂高がそう口走り、すごい勢いで食べ出したので安堵する。これまでの食生活が貧しかったというのもあるだろうが、味付けが好みに合ったようでよかった。緊張が緩《ゆる》んだせいか、急に空腹感を覚えて、柊も食べ始める。考えてみれば、ここ最近はずっと胃の調子が思わしくなく、食べる量が減っていた。

ひさしぶりに、自作の料理を美味《おい》しく感じられて完食。穂高に至っては、炊き込みご飯を三膳《ぜん》、味噌汁を二杯おかわりした。

食後に珈琲《コーヒー》をハンドドリップする。穂高は珈琲党らしく、豆はキッチンのストック棚にたくさん入っていた。

「どうぞ」

焦《こ》げ茶色の液体がなみなみと入ったマグカップを穂高の前に置き、自分用のカップを片手にダイニングテーブルに腰を下ろす。珈琲を一口すすった穂高が、二度目の「……美味い」をくれた。

「新しく豆を買ったのか?」

「こちらにストックしてあったものを使いました」

「ふーん。それでこんなに味が違うものなのか」

「はじめに珈琲の粉全体に少量のお湯を含ませて二十秒ほど蒸らすのと、注《そそ》ぐお湯の量とサーバーに落ちる珈琲の量が同じになるように意識してドリップするのがコツだと……以前、珈琲の本を作ったときに、監修者のバリスタに教わりまして」

「なるほどな。夕飯も美味かったが……」

「料理研究家の方と組んで旬の食材にこだわった料理本を出したことがあるのですが、今日はその本のなかから、秋の食材を使ったレシピで献立を組み立ててみました」

「掃除は?　風呂場の蛇口《じゃぐち》までぴかぴかだった」

「クエン酸《さん》を溶かしたお湯にキッチンペーパーを浸《ひた》し、それを鏡や蛇口に貼り付けておきます。ほかの場所を洗い終わった頃にペーパーを取って、軽く擦《こす》るとぴかぴかになるのです。『誰でも簡単にピカピカにできる掃除のコツ』という本を作ったときに実践してみて、効果を実感してからはそうしています」

「なんでも実践してみるんだな」

「自分で実際に試してみて、納得したものでないと、読者の皆さんに自信を持ってお勧《すす》めできませんから」

不意に穂高がくくっと笑い声を漏らした。しばらくはなんとか堪えようとして口許を引き結んでいたが、やがてもう我慢できないというふうに、大口を開けて笑い出す。

なんで笑われているのかがわからず、ぽかんとするのと同時に、初めて見た穂高の笑顔に新鮮な驚きを抱いた。

(こんな笑い方をするのか)

笑うと目尻にできる皺《しわ》が、精悍な顔立ちになんとも言えない味わいをもたらしている。おおらかで自然体な笑顔によって、当初抱いていた横柄《おうへい》で不遜《ふそん》というイメージは、すっかりどこかへ行ってしまった。

「いや……笑ったりして悪かった。見た目のイメージのまんま、生真面目《きまじめ》なんだなと思ってな」

眦《まなじり》の涙を拭《ぬぐ》いながら、穂高が謝る。

「身を以《もっ》て体験し、自分が納得できたものしか世に問わない。それがおまえの編集ポリシーだということはわかった。その点、俺たちは似ている」

「あっ……そういえば」

自分が穂高作品に惹かれる大きなポイントがそこにあったことを、穂高自身の指摘で気づかされた。

「仕事の話をしていいか？」

正面から真顔で問いかけられ、居住まいを正す。

「もちろんです」

「昨日から考えていたんだが、いま決めた。次の新作は、三十歳の無垢《むく》な童貞男を主人公に据《す》える。彼がとあるきっかけから性愛に目覚め、これまでの反動もあって官能の世界に耽溺《たんでき》していく過程を描こうと思う」

「それは……」

まさしく自分がモデルということだろうか。

「明日からだ」

「え？」

「明日から早速《さっそく》、おまえの体を使った〝体験取材〟を始める」

穂高の宣言に、覚えず小さく身震いした柊は、緊張の面持《おもも》ちで首肯《しゅこう》した。

「わかりました」

翌日も昼前に起きてきた穂高は、日中は書斎に籠もりきりで、連載小説の執筆に専念していた。柊は食事の支度や掃除や買い出しといった家事の合間に、会社に定期連絡を入れたり、元の部署の同僚たちからの相談や確認のメールに返信したりして、午後いっぱいを過ごした。

夕食後、珈琲を飲み終えた穂高が、「そろそろ始めるか」と言って、ダイニングテーブルから立ち上がる。その少し前から、いつもより早い鼓動を意識していた柊も「は、はい」と椅子を引いて立ち上がった。

昨日は睡眠不足に、同居一日目が無事に終了して緊張が解《ほぐ》れた脱力感が重なり、風呂から上がったあと、気を失うように寝落ちしてしまった。朝までぐっすり熟睡したためか、今朝はひさしぶりにすっきりと目が覚めた。

日中はやるべきことに追われて体験取材の件は棚上げしていたが——夕食後の珈琲を飲み始めたあたりからじわじわと意識し出し——それに伴《ともな》い、心臓が不規則なリズムを刻み始めた。

正面の顔を見ると心臓がおかしくなるので、なるべく穂高と目を合わせないように、珈琲を飲む振りをして俯《うつむ》いていたのだが。

(いよいよだ……)

先に寝室に入った穂高が、壁のスイッチに触れた。オレンジ色の間接照明に照らされて、キングサイズのベッドが浮かび上がる。昼過ぎにもベッドメイキングで寝室に入ったのだが、こうして夜見ると、同じベッドがなぜか妙に生々しく目に映るから不思議なものだ。

ベッドから視線を逸らし、入り口近くに所在なく佇《たたず》む柊の前に、穂高が椅子を引っ張ってきて座った。両腕を組み、背もたれに体を預けるようにして、柊のほうに顔を向ける。無言でじっと見つめられて戸惑った。

「あの……」

なにをすればいいかわからず、声を発した刹那《せつな》、「脱げ」と命じられる。

「えっ……」

(ぬ、脱ぐ!?)

内心かなり動揺したが、このレベルで動じているようでは話にならないと思い直した。

「……はい」

腹を決めて、シャツの第二ボタンに手をかける。穂高は、一瞬も見逃さないと決めてかかっているかのように瞬《まじろ》ぎもしない。一挙手一投足をつぶさに観察する鋭い眼差しに羞恥心を刺激されて、手許《てもと》がかすかに震えた。

ボタンを全部外してシャツを脱ぐ。アンダーウェアも脱いだ。穂高の目に貧弱な体を曝け出す恥ずかしさで顔が熱くなる。上はもう脱ぐものがないのでベルトに手をかけ、バックルを外した。ファスナーを下ろして、ボトムを脱ぎ取る。さらに靴下も脱いだ。残るは下着一枚。ここで柊は逡巡《しゅんじゅん》した。同性の前とはいえ、全裸になるのは勇気が要《い》る。他人様《ひとさま》に見せられるような立派な代物《しろもの》じゃない……。

「どうした？　それで終わりか？」

低い声でけしかけられ、ぎゅっと奥歯を食いしばった。下着のウェストゴムに手をかけると、思い切って一気に下ろして足元から引き抜く。これで掛け値《ね》なしの全裸だ。

股間を片手で隠した状態で「……脱ぎました」と報告する。

「手を離せ」

怖い声で命じられて仕方なく、最後の砦《とりで》である片手を股間から離した。剝き出しの股間に穂高のダイレクトな視線を感じ、ただでさえ萎縮《いしゅく》していたモノがきゅうっと縮み上がる。

居たたまれない……。

「色気のないストリップだな」

ほどなくして耳に届いた感想に、ますます消えてしまいたい心境になった。

「……すみません」

「まあ、いい。次だ。マスターベーションしてみせろ」

「ええっ」

思わず大きな声が出てしまう。

「なにを動揺している？　童貞でもマスぐらい掻《か》くだろう」

「……それは……その……はい」

「だったらやり方はわかるだろ？」

わかるけれど、自分が人前で公開オナニーをするなんて、考えたこともなかった。衝撃に縮こまったペニスをぶら下げて立ち尽くしていたら、穂高がおもむろに腕組みを解《ほど》いた。

「こんなところで躓《つまず》いているようじゃ、とてもじゃないがこの先は無理だな」

「…………っ」

「下りるならいまだぞ。いまなら引き返せる。さあ、どうするんだ」

決断を迫られ、ごくっと喉を鳴らす。

許されることなら、逃げ出してしまいたかった。だけど、それをやったら終わりだ。

自分はすでに一度、男女のセックスが直視できずに、この部屋から逃げ出している。同じことを繰り返したら、穂高は二度と自分を信用しないだろう。今度こそ、穂高との関係は終わる。

「……やります」

自分に言い聞かせるように決意表明をして、股間に手を伸ばした。立ったまま、ふにゃふにゃのペニスを握って扱《しご》き始める。

「…………」

穂高は無言で、腕を組み直した。

まっすぐに向けられる視線を意識しながら、必死にペニスを扱いたが、穂高に見られている緊張でぜんぜん固くならない。首筋や腋下《えきか》にじわっと冷たい汗が滲《にじ》み出てきて、胸がざわざわと不穏にざわつく。擦る指に力が入りすぎているのか、表皮がひりひりしてきた。腕や手首もだるくなってくる。そこまでしているのに、快感は欠片《かけら》も湧き上がってこない。普段もそんなに感度がいいほうではないが、それだって一応毎回、射精まではいけていた。

それがなぜ？　なんで勃《た》たないんだ？　なんで？

焦《あせ》れば焦るほどに萎《な》えて、やわらかくなっていく。それとは逆に内股の筋肉は突っ張り、しまいにはひくひく痙攣《けいれん》し出して、立っているのが苦痛になってきた。

穂高の期待に応《こた》えられない自分が情けなくて泣きたくなる。実際に涙の膜が眼球を覆い、視界がぼやけた。

「もういい」

不意に投下された強制終了の合図に、びくっと肩を揺らす。顔を振り上げた柊は、穂高に向かって縋《すが》るような声音で訴えた。

「も、もう少しやらせてください！　あと五分いただければきっと……っ」

「いくらやっても同じだ。オナニーが苦行《くぎょう》になっているようじゃ快感なんか得られるわけがない」

厳しい表情でそう言い放つやいなや、穂高が立ち上がる。大きなストライドでドアに歩み寄り、寝室を出ていった。

バタンと閉められたドアを呆然と見つめる。

……またがっかりさせてしまった。

新作のインスピレーションを喚起《かんき》させるどころか、みっともないものを見せつけて、創作意欲を失《う》せさせてしまった。

——先生のお望みどおり、おっしゃることはなんでも、どんなことでもやります。どうか新作のために、まっさらなこの体を使ってやってください！

意気込んであんなふうにアピールしておきながら、この体《てい》たらく。甘く考えていたつもりはなかったが、現実の厳しさを痛感して、紗《しゃ》がかかったみたいに目の前が暗くなった。

唇を噛み締め、裸の自分を両腕でぎゅっと抱き締める。両腕ではカバーしきれない足元から、さっきまでは感じなかった寒気が忍び寄ってきて、柊はぶるっと身震いした。

その夜はベッドに入ってからも眠れなかった。何度も寝返りを打ち、右を向いてはため息、左を向いてもため息、天井を見上げてはため息をつく。

あのあと——服を着込んでから、意を決して寝室から出ると、リビングに穂高の姿はなかった。どうやら書斎に入って、夕食で中断していた仕事を再開しているようだ。先程の失態《しったい》を詫《わ》びるつもりだったが、執筆の邪魔をしてはいけないと考え直し、そのままキッチンで夜食を作った。

おにぎり二個とたくあん三枚を載せた皿にラップをかけ、【夜食にどうぞ】とメモを添えてダイニングテーブルに置き、風呂に入った。

髪を乾かしてベッドに横になったのだが、一時間経《た》っても二時間経っても、寝返りを打つばかりで寝つけない。無理矢理目を瞑《つむ》れば、眼裏《まなうら》に穂高の厳しい表情が浮かんでくる。

――もういい。

――いくらやっても同じだ。

リフレインする低音に、ぎりぎりと奥歯をすり合わせた。

失望させた。自分から言い出しておいて、落胆させてしまった。

やっぱり自分には無理だったんだ。色恋の経験もなく、童貞で、こんな地味で平凡な自分に、エロスをテーマとした作品のモデルになるだなんて――そんな大それた役割は荷が重かった。

穂高の担当を外れたくない一心で、言われるがままに同居に踏み切ってみたものの、結局は足を引っ張るばかりで……。

ぐるぐる考えているど、どんどん気分が滅入《めい》ってきて、ため息が止まらなくなる。自分を責めることにも疲れ果てた柊は、暗闇のなかでむくっと起き上がり、ベッドサイドの携帯を手に取った。起動させたホーム画面には、01：42と表示されている。

（先生はもう寝ただろうか。それともまだ仕事中だろうか）

「……喉……渇いた」

ぼそっと小声で囁き、ベッドから下りた。そうっと足音を忍ばせてリビングまで行くと、境目の内扉の隙間から明かりが漏れている。

（まだ起きている？）

隙間から室内を覗いたが、穂高の姿は見えなかった。ほっとしてリビングに足を踏み入れ、ダイニングテーブルに近づく。おにぎりの皿がなくなっていた。

「食べてくれたんだ」

ほんのちょっぴり救われたような気分でひとりごちる。

キッチンの冷蔵庫に歩み寄り、ミネラルウォーターのボトルを取り出したタイミングで、斜め後ろの内扉が開く気配がした。

「………っ」

振り返った柊は息を呑んだ。

風呂上がりらしく、濡れ髪で腰にバスタオルを巻いただけの穂高が立っていたからだ。

「あ………」

陰影のくっきりとした裸の上半身に視線が釘付《くぎづ》けになる。盛り上がった胸筋《きょうきん》ときれいに割れた腹筋。肩から二の腕にかけての美しい隆起《りゅうき》。学生時代、アマチュアボクシングの選手だった

と聞いていたが、それを裏付けるような引き締まった肉体だ。しかもヘビー級。

のっぺりとただなまっちろいだけの自分の体との、あまりの違いに口を半開きにしていると、穂高が「なんだ、まだ起きていたのか」と言った。声に抑揚《よくよう》がなく、表情も固く感じられる。同居してからは少しずつ打ち解け始め、いろいろな表情を見せてくれていた穂高が初対面の頃に戻ってしまったように思えて、ずきっと胸が痛んだ。

（……自分が失敗したせいだ）

「……喉が渇いて……水を……」

「そうか」

柊の答えに黙ってうなずいた穂高がキッチンに入ってきて、冷蔵庫からミネラルウォーターのボトルを取り出す。近寄りがたいオーラを放つ男をぼんやり眺めていた柊は、逆三角形の背中に二十センチほどの傷痕《きずあと》を見つけて瞠目《どうもく》した。素人目《しろうとめ》にも、刃物かなにかで切りつけられたのだとわかる、鋭利な傷痕だ。

「その傷はどうなさったんですか？」

振り返った穂高が柊の視線を辿り、「ああ……これか」とつぶやく。

「だいぶ前だが、潜入取材で暴力団組長の用心棒をしていたことがあったんだ。潜入していた半年間のあいだに対立する組織との関係が悪化して、ある夜カチコミをかけられた。用心棒としては組長の盾《たて》にならなきゃならない。結果、後ろから日本刀で切りつけられた。そのときの刀傷だ」

あえてなのか、淡々とした口調で説明されたが、それでもちりばめられた『暴力団』『カチコミ』『日本刀』というパワーワードに血の気《け》が引いた。

これだけの傷だ。重傷と言っていいはず。助かったのは幸運だったのではないか。

一歩間違えば、いまここにいなかったかもしれない……。

(この人は、本当に命がけで取材をしているのだ)

自分の小説に命を吹き込むために、自《みずか》らの命を賭《と》しているのだ。

丸まっていた背筋が自然と伸びるのを感じた。一回の失敗くらいでへこたれている場合じゃない。自分もそのくらいの覚悟で臨《のぞ》まなければ……。

改めて自分を奮い立たせていると、ボトルの水を半分ほど飲んでキャップを閉めた穂高が尋ねてきた。

「会長の容態《ようだい》はどうだ?」

唐突な問いかけに、すぐには誰の話を訊かれているのかがわからず、「会長……ですか?」と聞き返す。

「龍生《りゅうせい》の会長だよ」

「ああ、龍生の……」

龍生出版の創始者であり、五年前まで代表取締役社長だった会長は癌《がん》に冒《おか》されて、現在病床《びょうしょう》にある。容態を尋ねたということは、病気の件も知っているのだろうと思い、それを前提に答えた。

「先々月に病院を出られて、いまはご自宅でターミナルケアを受けているとお聞きしています」

「そうか」

穂高の表情が曇《くも》ったのを見咎めて、「会長とは面識がおありなのですか？」と尋ねる。

「俺の初めての担当だったんだ」

「会長が先生の初代担当？」

驚いた。確かに十年ほど前までは、社長職と編集業務を兼任していたと聞いていたが。

「どこに原稿を持ち込んでも『こんなものは売れない』と門前払いを食らって腐《くさ》っていた頃、一人だけまともに相手をしてくれたのが会長だった。彼に会うまでの俺は純文学熱をこじらせて、エンタメを見下していたところがあった。いま思えば若気《わかげ》の至《いた》りだ。そんな俺に『商業出版でやっていきたいなら独りよがりじゃ駄目だ。常に読み手の存在を意識すること。それができて初めてスタートラインに立てる』とアドバイスをくれた。その上で官能小説を書くことを勧めてくれたんだ。『官能小説にはいまのきみに必要なものが全部ある』と言ってな。デビューが決まってからも未熟な原稿に根気強くつきあい、ときに厳しく突き放し、ときにあたたかく励《はげ》まして、穂高充生《みつお》という作家の土台部分を一緒に築き上げてくれた。龍生で彼と作った十冊がなかったら、いまの俺はいない。デビュー時の『蜜央《みつお》』という当て字を考えてくれたのも会長だ」

「そうだったんですか」

会長とのエピソードから、二人のあいだに強い信頼関係があったことが窺い知れて、胸の奥がじわっと熱を持つ。

「恩人である会長の病を知り、彼が生きているうちに龍生でもう一度本を出したいと思った。出すからには売れるものを書いて、俺を育ててくれた版元に貢献したいと思っている」

初心に還《かえ》って「エロス」をテーマにしたのも、蜜央名義の作品を共に作った会長に対する『手向《たむ》け』の意味合いがあるのだろうか。

穂高の心中を推《お》し量《はか》りながら、「私も会長には恩義があります」と切り出す。

「子供の頃から小説が好きで、出版社で働くのが夢でした。新卒で龍生に入社できたのはよかったのですが、希望していた文芸班には配属されなかった。実用書というジャンルにどう取り組めばいいのか、モチベーションを見失って落ち込んでいたときに、当時は社長だった会長が声をかけてくれました。『編集者という職業において、なに一つ無駄な経験はない。精一杯やったことは必ずいつか活《い》きてくる』と。その言葉を支えに自分なりの本作りを模索した結果、スマッシュヒットに恵まれ、時間はかかりましたが念願の文芸班に配属されて、いまこうして穂高先生の担当編集をやらせていただいています……」

感慨を嚙み締める柊に、穂高が軽く目を瞠《みは》って「おまえもそうだったのか」と言った。

（そうだ。同じだ）

病床で、おそらくは会社の――出版業界の行く末を案じているに違いない会長のため。できればヒット作を世に送り出して、彼を少しでも安心させたい。

その想いは同じ。

自分たちは、同じ想いに突き動かされていたのだ。

それに気がついた柊は、手の指先をぴっと伸ばした。両手を体側に沿わせて、体をきっちり二つに折り曲げる。

「先生、本日はご要望に応えられず、申し訳ございませんでした。また明日からがんばりますので、引き続きよろしくお願いいたします」

謝罪して顔を上げると、不意を突かれたような表情の穂高が、見開いていた双眸をじわじわと細めた。

「俺は……おまえにあそこまで辛《つら》い思いをさせる意味があるのかと……」

どうやら穂高は、自分を責めていたようだ。

やはり、心根がやさしい人なのだ。

「辛くなどありません。私が作品作りに関わりたいのです。それこそ『編集者という職業において、なに一つ無駄な経験はない』です。どうか続けさせてください」

頼み込む柊を、穂高はしばらく内心の葛藤《かっとう》が透けて見えるような面持ちで見下ろしていたが、やがて、なにかを吹っ切ったかのように首肯する。

「明日は今日のおさらいからだ」

「先生！」

自分でも一気に顔が明るくなったのがわかった。

「明日に備えてもう寝ろ。俺も寝る」

そう言って寝室に向かって歩き出した穂高が、ふと足を止めて振り返る。

「そうだ。夜食、美味かった」

肉感的な唇が微笑みを象《かたど》っているのを見たとたん、胸がきゅんっと苦しくなった。

（きゅん？　……なんだろう？）

胸がきゅうっと甘く締めつけられる未知の感覚に小首を傾《かし》げつつ、柊は「おやすみなさい」

と小さく囁いた。

四

翌日の夜――穂高《ほだか》の寝室に赴《おもむ》いた柊《ひいらぎ》は、昨夜《ゆうべ》と同じように服を脱ぎ始めた。穂高も昨夜同様に椅子に腰掛け、腕組みをして、柊が服を脱いでいく様子を無言で見つめる。

昨日よりはスムーズに、すべての衣類を取り去って全裸になった柊は、次のステップに進むべく椅子に腰掛けた。穂高が座っている椅子と向かい合わせに設置した、座面がまるいパイプ椅子だ。

昨日は立ったまま自慰《じい》に挑戦し、途中で脚が疲れて内股《うちもも》が痙攣《けいれん》してしまった。それもうまくいかなかった一因であると考え、今夜は椅子に座ってチャレンジしてみようと思ったのだ。改善策を穂高に提案したところ、了承を得られた。

(今日こそは……)

脚を四十五度ほど開き、股間に両手を持っていってペニスを摑んだ。左手で根元を支え、右手で陰茎《いんけい》を扱《しご》き始める。

日中は家事をこなしながら、どうすればスムーズに勃起できるのかをずっと考えていた。長考の末に導き出した推論は、おそらく自分に足りないのはイメージする力だということ。これまで自慰をする際は、特定のなにかを脳内でイメージすることなく、機械的に扱いて射精していた。溜まったタイミングで処理していたので、それでもなんとかなっていたが、昨日は〝見られているプレッシャー〟もあって勃起できなかった。

（脳内イメージに集中すれば、先生の視線も気にならないはず）

だが、いざ実践の段になってみると、具体的にこれといったイメージが浮かばない。これまでずっと性的なものから目を逸《そ》らし続けてきたせいで、自分には興奮を誘発《ゆうはつ》するような、いわゆる〝オカズ〟のストックがないのだ。

（なにか……なにかないのか？）

目を瞑《つむ》って海馬《かいば》を探っていた柊の脳裏に、ふっと、あるビジュアルが浮かぶ。

くっきりと浮き出た恥骨《ちこつ》。臍《へそ》の下から丹田《たんでん》へと続く下生《したば》え。引き締まった腰。割れた腹筋。エロティックですらある胸筋《きょうきん》の隆起《りゅうき》。たくましい二の腕。ソリッドな鎖骨《さこつ》。がっしりとした首。

男として理想的な肉体を、下から視線で辿《たど》っていった柊は、辿り着いた顔に息を呑む。

穂高だった。この脳内ビジュアルは、昨日の深夜に遭遇した風呂上がりの穂高だ。

昨夜の自分はこんなふうにねっとりと、まるで舐《な》め回すがごとく半裸の穂高を見ていたのだろうか。

できれば否定したかったが、できなかった。なぜならば、そうでなければ細部にわたって、ここまで克明《こくめい》に思い出せるわけがなかったからだ。

（まさか……同性である先生を無意識のうちに性的な目で見ていた？）

その可能性に行き当たった刹那《せつな》、衝撃で血の気《け》がざーっと引く。

そんなはずない。そんなわけがない。確かに穂高に憧れを抱《いだ》いているが、それはあくまで才気溢れる小説家である彼に対する、編集者としての尊敬の念であって……。

必死に言い訳を並べ立てる側《そば》から、もう一人の自分が囁く。

本当に一ミリも疚《やま》しい気持ちがないと言い切れるのか？

一切の下心がないと胸を張って言えるのか？

（やめろ！）

もはや、マスターベーションどころではなかった。がたっと椅子から立ち上がった柊に、「どうした？」と訝《いぶか》しげな声がかかる。ぱちっと目を開けると、穂高の心配そうな表情が視界に映り込んだ。とたんに後ろめたい心情がどっと押し寄せてくる。それと同時に、みぞおちに激しい不快感を覚えた。

気持ち悪い。

……自分という人間が気持ち悪い。

（――最悪だ）

胃から迫《せ》り上がってくる嫌悪感に圧《お》され、柊はくるりと身を返した。出入り口に駆け寄り、ドアを乱暴に開けて寝室を飛び出す。

「おい！　柊！」

後ろから穂高に呼び止められたが、それどころではなかった。口を両手で押さえてリビングを最短距離で駆け抜ける。内扉を抜けて廊下にまろび出ると、目的のドアに向かって走った。なんとかギリギリ持ち堪《こた》え、トイレのドアを開けるのももどかしく、便器に覆《おお》い被《かぶ》さるようにして吐く。夕食をことごとく吐き戻してしまってから、トイレの床にへたり込んだ。

「はあ……はあ」

胸を喘《あえ》がせながら、眼鏡を外して涙を拭く。それだけで力尽き、ぐったりと便器にもたれかかっていたら、半開きのドアがいきなり全開した。目の端が捉《とら》えた大きなシルエットに、あわてて眼鏡を装着し直す。あたふたと立ち上がり、正面に立つ男に詫《わ》びた。

「……お騒がせしてすみません。夕食の揚げ物が胃にもたれたみたいで……でも、もうだいじょう……っ」

弁解の途中で肩を摑まれ、びくっと震える。顔を振り上げて、険《けわ》しい形相《ぎょうそう》の穂高を認めた。疚しさから直視できずに目を伏せる。

「……なにがあった？」

詰問《きつもん》口調で問われた柊は、視線をのろのろと上げた。目の前の漆黒の瞳に、追い詰められた表情の自分が映り込んでいる。

「前にも吐いただろう？　俺がデリバリーで呼んだ男女の絡みを見て吐いた」

「………………」

その指摘は正しく、穂高の前で吐くのはこれで二度目だ。それぞれ直接的な起因《トリガー》は異なれど、性絡みであるという点では同じトラウマに根差している。

「おまえは普段は冷静でクレバーなのに、ことセックス絡みとなると、とたんに脆《もろ》さを露呈する……」

ウィークポイントを突かれて、柊はますます顔を強《こわ》ばらせた。

「セックス恐怖症になった理由を話せ」

そう促《うなが》す穂高からは、理由を聞くまではぜったいにここを動かないといった強固な意思を感じる。

明らかにトラウマ案件とわかった上で、わざわざ地雷原《じらいげん》に立ち入ってくる男の真意がわからなかった。面倒事を察知したならば、それとなく回避するのが社会人の処世術というものだろうに。あまつさえ、自分たちは友人でも親族でもなく、単なる仕事関係なのだ。

真意こそわからなかったが、自分を見据える穂高の瞳の揺るぎなさから、どんな話でも受け止めるといった覚悟のようなものを感じ取り、だとしたら自分も逃げてはいけないと思った。

大きく深呼吸をしてから、おもむろに口を開く。

「両親が共働きだったので、子供の頃は保育園に預けられていました。ただ熱があったり、風邪気味だったりすると預かってもらえなくて、身内も遠方住みだったので……両親がどうしても仕事を休めないときはシッターサービスを頼んでいたようです」

柊の話に相槌《あいづち》を打つことなく、穂高は黙って耳を傾けていた。

「五歳の冬だったと思います。いつものシッターが来られなくて、臨時のシッターが来ました。三十歳くらいの女性でした。一回きりでしたので、顔ももう覚えていません。その日、発熱した私は布団に寝ていました。薬が効いて、うつらうつらしていたら、その女性がパジャマのズボンを下ろしました。すぐにはなにが起こったのかわかりませんでしたが、やがて気がつきました。下半身を触られていることに……」

穂高が眉をひそめ、柊も無意識に眉間《みけん》に力を入れる。長らく封印していた記憶の蓋《ふた》をこじ開けるのは、かなりの気力を要する行為だった。

「ほどなく……股間に生あたたかい息がかかって」

「わかった。もういい」

「濡れた感触が……」

「柊、もういい！」

強い口調で制され、溜めていた息をふーっと吐く。いつの間にか、冷たい汗で背中がびっしょり濡れていた。

「いやがって暴れればよかったのかもしれませんが、そのときは怖くて動けなかった。両親にも言えませんでした。すごく不快だったけれど、当時はなにが起こったのかを言葉で説明することができなかった。性的ないたずらをされたのだとわかったのは、性の知識を得るようになった中学一年生頃です。もともと異性に対して奥手でしたが、性被害者である自分を自覚してからは、ますます性愛に苦手意識を持ってしまい……克服《こくふく》できないまま現在に至ります」

「すまない」

苦しげな声音で謝罪され、「え？」と顔を上げる。視線の先の穂高は、眉間にくっきりと縦《たて》皺《じわ》を寄せていた。

「辛い話をさせて悪かった。それと、事情を知らなかったとはいえ、俺はおまえに乾いた傷口を抉《えぐ》るような真似をさせてしまった……」

苦悩の表情でおのれを苛《さいな》む穂高を前にして、胸がぴりっと痛む。

「謝らないでください。以前も申し上げましたが、この体を使って欲しいとお願いしたのは、自分のためでもあるんです」

「……柊」

「人間にとっての本能ともいえる性と愛を、この先も避け続けていけば、いつか編集者として限界を迎える。心の奥底ではこのままではいけないとわかっていましたが、自分を変える勇気が持てなくて、ずるずると逃避し続けてきました。でも先生と出会い、自分の恥部《ちぶ》を曝け出す機会を得て、変わりたいと思ったんです」

「………」

「過去は変えられませんが、いつまでもそこに囚《とら》われて足踏みしていたくない。これをきっかけに先に進みたいんです。お願いですから続けさせてください」

切実な訴えに、眉根を寄せたまま耳を傾けていた穂高が、ややあって「……わかった」とうなずいた。

(よかった)

ほっと胸を撫で下ろす。と、穂高が柊の二の腕を摑んで引っ張った。

「先生?」

戸惑う柊を、男はなにも言わずに、ぐいぐいと引っ張っていく。

寝室に連れ戻され、ベッドの近くまで連れて行かれた。ベッドの縁に腰を下ろした穂高が、柊をくるりと裏返しにしたかと思うと、後ろ向きの体をぐいっと下に引く。

「あっ」

穂高の膝に尻餅《しりもち》をついてしまった柊は、焦《あせ》って立ち上がろうとしたが、背後から胴に回ってきた腕に阻《はば》まれた。

「あ……あの?」

なにがどうして、いまここでこうなっているのか——状況に頭が追いつかず、困惑した声を出す。

「いまのおまえに必要なのは、まず、気持ちいいという感覚を体で知ることだ」

耳殻《じかく》に低音を吹き込まれて、うなじの産毛《うぶげ》が逆立った。こんなふうに、息が耳にかかるほど誰かと密着するのも初めてなら、バックハグされるのも初めて。背中に感じる穂高の体の硬さに、昨夜見たたくましい肉体のビジュアルが呼び起こされ、鼓動が速くなる。これは取材のためなのだと頭でわかっていても、ドキドキが止まらない。

「ペニスを手で持て」

耳許の指示に操り人形よろしく誘動された柊は、股間に手を伸ばして性器を摑んだ。その手の上に、大きな手が重なってくる。

「動かすぞ」

宣言と同時に穂高が手を動かし始めた。一緒に柊の手も上下に動く。マッサージのようなやさしくて緩慢《かんまん》な動きに、手と性器が擦《こす》れ合う場所から、じわじわと快感が染み出してきた。それに伴《ともな》い、ペニスが芯を持って、ゆっくりと勃ち上がり始める。

「硬くなってきたな」

穂高も手応《てごた》えを感じたらしく、扱くスピードが上がった。

「ん……んふっ」

思わず喉《のど》の奥から、吐息みたいな声が漏れる。こんな——はしたない声を穂高に聞かせてはいけないと思うのに、どうしても我慢できなかった。

（気持ち……いい）

大きな体にすっぽりと包み込まれている安心感と、局部のダイレクトな快感が相まって陶然《とうぜん》とする。やっていることは同じなのに、なぜこんなに、うっとりするほど気持ちがいいのか不思議だった。自分一人でマスターベーションしていたときはぴくりともしなかったペニスが、みるみる硬度を増していく。

先端からとぷっと先走りが溢れ、軸《じく》を伝って手のひらを濡らした。擦れ合う場所から、にちゅっ、くちゅっという粘度《ねんど》の高い水音が漏れ聞こえてきて、顔が熱く火照《ほて》って瞳が潤《うる》む。

密着した硬い体から伝わってくる、穂高の体温や少し速い心音が、柊をより一層《いっそう》高ぶらせた。

「っ……はっ……」

（もう……イキそう）

尾《び》てい骨《こつ》がジンジン痺《しび》れ、下腹部に溜まっていた熱がシャフトをじりじりと這い上がって、もうすぐ先端に届く――と思ったときだった。穂高が不意に、もう片方の手で陰嚢《いんのう》を握り締めた。ぱんぱんに腫《は》れた袋をぎゅうっと揉《も》みしだかれ、ぶるるっとおののく。

「あぁっ……」

喉を大きく反《そ》らした柊は、普段よりワンオクターブ高い声を発して達した。白濁《はくだく》がぱたたっと床に飛び散る。

「はあ……はあ」

荒い息を整える柊の手から、穂高が自分の手を離した。喉に絡んだ掠《かす》れ声で「……どうだ？よかったか？」と訊いてくる。まだ体がふわふわと浮き上がっているような浮遊感を持て余しつつ、「は……い」と認めた。

実際、これまでの射精のなかで一番気持ちがよかった。溜まったものを放出することだけが目的の、味気ない自家発電とは雲泥《うんでい》の差だ。人の体温を感じながらイクことが、こんなにも気持ちがいいものなのだと、生まれて初めて知った。

「いまの感覚をよく覚えておけ」

言い含めるような穂高の指示に、柊はなかば上の空で、こくこくとうなずいた。

翌日の夜は、自分に本来備わっていた、眠れる性感帯の存在を知ることになった。

夕食後に寝室に赴き、いつものように全裸になった柊を、ベッドに腰掛けた穂高がバックハグしてきた――までは昨夜と同じ。穂高の膝の上に乗った柊は、言われる前に自ら手を股間に持っていったが、そこで「待て」とストップがかかった。

「性器は触るな」

ペニスへの手出しを禁止された状態で、穂高の手が乳首に触れてくる。左右の手、計十本の指を使って、二つの乳首をそれぞれ弄《いじ》られた柊は困惑した。

乳首？　一体なぜ？

生来のつきあいでありながら、これまで存在意義を感じられなかったその器官に、性感帯という意外な側面を見出したのは、根気強いマッサージが始まって二十分ほど過ぎた頃だった。

はじめはただくすぐったいだけだったのが、次第にちりちりとした刺激を感じるようになり、ほどなく乳頭《にゅうとう》が硬くなって張ってきた。硬くしこった乳頭を、指先で転がされたり、爪で刺激されたり、引っ張られたり、捻《ひね》られたりしているうちに、ジンジンと痺れてくる。その痺れがじわじわと全身にまで広がっていき、気がつくと下腹部が熱く疼《うず》いていた。

誰も触れていないのに、勃ち上がったペニスに驚く。

(乳首で感じて勃起した？)

「かなり感度が上がってきたな」

穂高にそう言われると、乳首で感じる違和感に、褒《ほ》められた子供のような晴れがましさが勝った。テンションが上がってますます高ぶり、最後は穂高に乳首を弄られながら、自分で勃起した性器を扱いてフィニッシュを迎えた。達するまでの時間も、昨日より短かったように感じる。

さらにその翌日。

柊は、夜が近づくにつれて、そわそわしてしまう自分を抑えられなかった。辛くて吐いた初日が嘘みたいだ。

穂高と過ごす濃密な時間を、心待ちにしている自分がいる。

三十年間知らなかった自分を発見する新鮮な感覚、日々更新される新たな知識にわくわくして、あれだけ苦手だったセックスを、いまはもっと深く知りたいと思う。

三十まで童貞。なまっちろくて貧弱。これといった特徴もなく平凡。――こんな自分の体でも、穂高の役に立てるのならば、少しは存在価値があるように思えて……。

「先生、今日はなにを？」

もはやいささかの躊躇《ためら》いもなく寝室で全裸になり、伺いを立てた柊に、穂高が短く「後ろだ」と告げた。

昨日もそうだったが、寝室での穂高はポーカーフェイスで、感情が読み取りにくい。執筆のためとはいえ、同性の性器を握ったり、自慰の手助けをしたりすることが楽しいはずがない。それでも、嫌悪感を顔に出せば場の雰囲気が悪くなると思い、あえて感情を表に出さないようにしているのではないかと、柊は推測していた。かく言う柊自身も、内心の高揚を隠すために極力無表情を装《よそお》っているので、その点ではおあいこかもしれない。

「後ろ……とは？」

「前立腺《ぜんりつせん》マッサージだ」

その名称を聞いて思い出した。穂高蜜央《みつお》名義の官能小説に、前立腺マッサージマニアで、風俗店に通い詰める初老の男が出てきた。男が風俗嬢のテクニックに溺れるくだりの描写を思い起こす。

（つまり……尻の孔《あな》に指を入れて、内側からの刺激で達するということか）

ハードルが高いタスクにごくりと喉を鳴らした直後、穂高が「これを使え」と言って、歯磨《はみが》き粉《こ》のチューブのようなものをぽんと投げて寄越した。

「潤滑剤《じゅんかつざい》だ」

「潤滑剤……」

まずは、この潤滑剤を尻の孔に塗り込む〝準備〟から始めなければならないようだ。

そう察した柊は、ベッドに上がった。俯《うつぶ》せに伏せると、「こっちに尻を向けて腰を高く上げろ」と注文が入る。かなりハードルの高い注文だったが、ここでの穂高の指示は絶対だ。

羞恥《しゅうち》を堪《こら》え、言われたとおりに、椅子に座る穂高に尻を向けて突き出す。その体勢でチューブからひねり出したジェルを指先にすくい取り、人差し指を後ろに持っていった。手探りでジェルを後孔周辺に塗りつけてから、おそるおそる指を沈め始めた――が。

異物の侵入に体が抵抗し、第二関節から先が入っていかない。焦って無闇になかで動かしているうちに、ぴりっという痛みが走った。

「痛っ……」

悲鳴を上げて指を引き抜く。一度痛みを感じると、いよいよもって括約筋《かつやくきん》が硬く閉じて、第一関節すら入らなくなってしまった。

指一本くらどうということもないなどと、甘くみていた自分は愚《おろ》かだった。乳首でイケたからといって、いい気になっていたおのれを猛省《もうせい》する。所詮《しょせん》、そんな器《うつわ》ではなかったのだ。

涙目で悪戦苦闘する柊を見かねてか、穂高が立ち上がり、ベッドに上がってくる。サポートしようとする気配を察して、柊は首を左右に大きく振った。

「だ、だめです……っ」

さすがにそれはさせられない。しかし、穂高は拒絶に取り合わず、四つん這いの柊に背中から覆い被さってきた。逃げられないように自由を奪っておいて、尻のスリットを指でまさぐり始める。

「だ、め……汚な……っ」

「動くな。傷つけたくない」

押し殺した低音で耳許に囁かれ、体のなかを傷つけられることに対する本能的な恐怖にフリーズした。一分ほど周辺を均《なら》すようにさすっていた穂高の指が、タイミングを見てか、ずぶりとめり込んでくる。

「ひ、あっ……」

拒絶する間もなく長い指がずぶずぶと体内に侵入してきて、初めて経験する強い異物感に、柊は奥歯をきつく嚙み締めた。沈め切ったところで、体内の指が動き出す。宥《なだ》め賺《すか》すような指使いがしばらく続いたあと、なにかを探り当てようとしていると思われる指の動きが始まった。そして――。

「あぁっ……」

ある場所を擦られた瞬間、嬌声とも悲鳴ともつかない声が喉から放たれた。

「ここ、か？」

問いかけの意味がわからず、首を横に振る。

（なに？　なんで？）

からくりはわからないけれど、そこを刺激されるたび、体が意に反してびくっ、びくっと撥《は》ねた。いつの間にか勃起していたペニスからは先走りがぽたぽたと垂《た》れ、ベッドカバーを汚す。

「んっ……あっ……あっ、ん……っっ」

指の抽挿《ちゅうそう》に合わせて、尻が前後左右に揺れてしまう。問題の場所をぐりっと抉られた刹那、背筋をびりびりと電流が駆け抜け、眼裏《まなうら》でパチパチとハレーションが起きた。口の端から涎《よだれ》を滴《したた》らせ、我が身になにが起こったのか理解できないままに、がくがくと痙攣しながら果てる。

「……っっ……ッッ」

射精後、柊は涙で濡れた目をぱちぱちと瞬《まばた》かせた。

（す……すごかった。頭がショートして……焼き切れるかと……）

「おい、大丈夫か？」

枕に突っ伏して絶頂の余韻《よいん》に放心していたら、後ろから声がかかって、のろのろと顔を上げる。目の前がぼやけて見えた。どうやら達する際に、枕に顔を擦りつけた弾みで眼鏡が外れてしまったようだ。近くに眼鏡が見当たらなかったので、とりあえず背後を顧《かえり》みた。裸眼の視界に穂高の顔らしきものが映り込んでいるが、ぼやけていてはっきりしない。焦点を合わせようとして、目の前の顔をじっと見つめると、「そんな目で見るな」と怒ったような声を出された。

はっと我に返る。

理性を見失って発情期の動物よろしく尻を振り、あられもない嬌声をあげてよがり狂った自分は、穂高の目にどう映っていたのか。

冷静になった瞬間、身の置きどころのない気分が込み上げてきた。

「す、すみません」

あわてて眼鏡を探し出して装着し、ベッドから下りる。穂高と目を合わせないように俯いて、床に散らばっていた衣類を掻き集めた。

「今夜はこれで失礼します」

掻き集めた衣類を抱えて頭を下げるやいなや、柊は逃げるように寝室から飛び出した。

ゲストルームに逃げ帰り、ドアを後ろ手に閉めてずるずるとしゃがみ込む。

（逃げてきてしまった……）

羞恥心などとっくに手放したはずだったのに。

けれど、小説のためとはいえ、同性の痴態《ちたい》を見せつけられた穂高の気持ちを考えたら、いたたまれなくて……。

衣類に顔を埋めて「うう……」と呻《うめ》く。

（それにしても……）

すごかった。一昨日《おととい》も昨日も気持ちよかったけれど、今夜のはレベルが違った。すごすぎて、まだ体の奥に熾火《おきび》みたいな余熱が燻《くすぶ》っている。これまでの人生で一番のオーガズムを反芻《はんすう》したとたん、下腹部がずくっと疼いた。

（……また？）

このところ毎晩連続で抜いているのに、これではまるでサカリのついた動物だ。過去最高にリビドーが盛んだった十代の頃だって、ここまでじゃなかった。

「一体どうしちゃったんだ……」

コントロール不能状態に陥《おちい》ったおのれの体を持て余した柊は、ふらふらとベッドに近づき、仰向《あおむ》けに倒れ込んだ。天井を見上げているうちに、またぞろ先程の記憶が蘇《よみがえ》ってくる。

穂高の骨太で長い指が自分のなかに入ってきて……荒々しく掻き混ぜられ、ものすごく感じる場所を執拗に擦られて……。

強烈な体験を呼び起こしながら、無意識に股間に手が伸びる。そこはもう半勃ちになってい
た。さっきイッたばかりなのに、数度扱いただけであっさり完勃ちする。こうなったらもう後
戻りはできない。

シャフトに指を絡ませて上下に扱く。じわじわと滲み出てくる快感を無心に追った。

「……ふっ……ん」

目を閉じて穂高の指の動きをなぞり、首筋にかかった息づかい、背中に感じた体温を思い起
こす。

先端からカウパーが溢れてきて、粘ついた水音が響いた。

薄く開いた唇から熱い息が漏れ、きつく閉じた眼裏に穂高の姿が浮かんだ。

気がつくと、譫言《うわごと》みたいに彼の名前を口走っていて——絶頂の予感に腰を強く突き出す。

「穂高……せんせ……い……」

「あっ……せんせ………穂高……先生っ」

どくんっと欲望が弾《はじ》け、どろりとした精液で手のひらが濡れた。

「はっ……はっ」

脱力して、涙の膜が張った目をぱちぱちと瞬《しばた》かせる。欲情の波がゆっくりと引いていくのと
入れ替わりに、自分の言動に対する不審の念がじりじりと這い上がってきた。

たったいま……自分は穂高の姿を思い浮かべ、彼の愛撫をなぞり、その名前を呼んで達した。

それがなにを意味するのか。

(まさか……そんなはずない……)

頭に浮かんだ回答をすぐさま否定しようとしたが、できなかった。

自分一人での自慰は失敗した。だが、穂高のサポートを得られるようになってからは、劇的に状況が改善した。

セックスに関して根深いトラウマを持つ自分が、長年越えられなかったハードルをたやすく乗り越えられたのは、相手が穂高だったからではないのか。

本来同性愛者でもない自分が、穂高以外の男に同じようにされて、先程のような快感が得られるとはとても思えない。そう考えれば、自分の感度が日に日に上がっているのは、やはり、相手が穂高だからだという結論に辿りつく。

正直、最初の印象は最悪だった。強面で威圧的。横柄《おうへい》で粗暴《そぼう》なクマ。

いまだって、わかりやすくやさしいわけじゃない。

だけど同じ空間をシェアするようになり、共に過ごす時間が増えるにつれて、はじめは見えなかった本質が見えてきた。

根っこの部分にある、思いやりとやさしさ。

こちらが困っていると、黙って手を差し伸べてくれる包容力とおおらかさ。

これだけの大物作家になった現在でも、会長への恩義を忘れない義理堅さと男気。

そしてなにより、小説に対する真摯《しんし》な姿勢と熱い想い。

もともと作品のファンではあったけれど、生身の彼と言葉を交わし、人間性に接して、本質に触れて――いつしかふんわりとあたたかい気持ちでは収まりがつかないステージに上がってしまっていた。

憧れや尊敬の念を越えて――。

「先生が好きなんだ……」

改めて言葉にすれば、ひしひしと実感が迫ってくる。

生まれて初めての恋。

生涯抱くことはないと諦めていた恋心が、いま、この胸のなかにある。

甘く切ない感慨は、柊の心を狂おしく掻き乱すのと同時に、ひどく落ち込ませもした。

(公私混同なんて最悪だ……)

寝室での体験取材の最中、穂高は基本的に背後にいるので、顔を見ることはできない。どんな気持ちで愛撫しているのか、自分にはわからない。だが少なくとも、乗り気でないであろうことは想像がつく。小説のためでなければ、三十男の体など触りたくないに違いない。

それなのに自分は一人で興奮して、感じて、なおのこと恋心まで……。

おのれの罪深さに目眩《めまい》がした。

心が咎《とが》める。こんな気持ちを抱くなんて、穂高に申し訳なくて身が縮《ちぢ》む思いだ。

この想いは、決して穂高に気づかれてはならない。

もし覚《さと》られたら、その瞬間に、作家と担当編集者という関係は終わる。自分は伴走者《ばんそうしゃ》として失格の烙印《らくいん》を押されるだろう。

……それはいやだ。

せめて新作が完成するまで。一作でもいいからサポートしたい。

(そのためには……)

胸の痛みを押さえつけた柊は、自分に強く言い聞かせた。

(ぜったいに知られてはいけない)

五

「……ふ……あ……あっ……アァッ」

仰《の》け反《ぞ》った喉《のど》から迸《ほとばし》る声が、尻上がりに高くなっていく。階段を二段飛ばしで駆け上がるがごとく、快感も秒速で高まっていき、これより上はないという頂上まで上り詰めたところでいきなりぱんっと弾《はじ》けた。

「……っ……っ……」

シーツの上で、びくんびくんと全身を波打たせる。太股《ふともも》に点々と熱を感じた。おそらく、飛び散った精液だ。

フィニッシュを迎えて気怠《けだる》い余韻《よいん》に浸《ひた》り、しばし放心していた柊《ひいらぎ》は、顔の下半分に吐息を感じて、ゆっくりと薄目を開ける。

「………………」

涙の膜《まく》で霞《かす》んだ視界に、誰かの顔がぼんやりと映り込んだ。眼鏡をかけていないせいもあるが、そもそも距離が近くて焦点《しょうてん》が合わない。もちろん、どんなにぼやけていても、現状におい

てその〝誰か〟が穂高《ほだか》である事実は疑いようがない。視野いっぱいを占拠《せんきょ》した穂高の顔をぼーっと見上げていると、熱い息が唇にかかった。つまり、唇が唇に接しようとしている。それがなにを意味するのか、靄《もや》がかかった頭で考えた。

（……え？）

まさか……まさか。

その言葉を思い浮かべることすら躊躇《ちゅうちょ》する。だってそんなわけがない。

穂高が自分にキスをしようとしているなんて。

（あり得ない）

強く否定した刹那《せつな》、まるで柊の心の声を読み取ったかのように、接触するかしないかの瀬戸際まで近づいていた顔がすっと離れた。

「……あ」

そのまま遠ざかっていくのを手を伸ばして引き留めたい衝動を、懸命に堪《こら》える。

穂高に外された眼鏡を枕の横から拾い上げて装着したときにはもう、男は体を起こして背中を向けていた。

ベッドの縁に腰掛けた穂高の頑強《がんきょう》な背中を見つめ、たったいま起きた出来事について考えを巡らせる。

（……なんだったんだろう？）

自分が長いあいだ放心していたので、心配になって息を確かめていた？

そのあたりが正解な気がした。とにかく、まかり間違ってもキスなんかではないと、自分の思い上がりを厳しく諌《いさ》める。第一、自分はともかくとして穂高のほうに、そんなことをする動機がない。

穂高は今夜もフィニッシュの段で手を貸してくれた。柊が自力ではどうしてもイケなかったからだ。

バックだった昨日と違い、今夜は仰向《あおむ》けに押し倒され、眼鏡を外された。そのときは理由がわからなかったが、いま思えば目が合うのがいやだったのかもしれない。――その上で両脚を大きく開脚させられ、窄《すぼ》まりに指を入れられた。

視界こそぼやけていたが、穂高から〝見られている〟のははっきり感じられて、それだけで体が熱くなった。途中から二本に増やされた指で、なかを少し乱暴に掻《か》き混ぜられ、恥ずかしいくらいに昂《たかぶ》った。今夜の穂高は心なしか息遣いが荒く、密着した体は汗ばんでいた。汗のにおいと体臭が交じり合った男性的なフェロモンにぞくぞくして、あやうく言ってはいけない言葉を口走りそうになり、口を両手で押さえたくらいだ。

だけど、高まる快感に比例して、罪悪感もまた募《つの》っていく。

穂高への恋情を自覚したいま、彼の指で感じることが心苦しい。

とりわけフィニッシュのあとで、ひりひりとした背徳感と虚《むな》しさに襲われた。

（これは取材なのに……）

かてて加えて体験取材というスタンスに立ち返れば、自分が小説の題材として役に立てているのかも、はなはだ疑問だ。

自分はちゃんと穂高のインスピレーションを喚起《かんき》できているのか？

肝心《かんじん》なクライマックスで毎回駆り出されている穂高が、客観的な視座《しざ》を持てる環境にあるとは思えない……。それもこれもすべて、自分の不徳の致すところだ。

おのれの不甲斐《ふがい》なさに項垂《うなだ》れていると、どこかでピリリッ、ピリリッと呼び出し音が鳴り始めた。自分の携帯の着信音だと気がついた柊は、あたふたとベッドを下り、床に落ちていたボトムのポケットから携帯を引っ張り出す。着信を知らせるホーム画面には、部長の名前が表示されていた。通話ボタンをタップして、携帯を耳に当てる。

「柊です」

『おお、夜遅くに悪いな。いま大丈夫か？』

「あ……はい、大丈夫です」

そう応じてから、ちらりと横目で窺うと、ちょうどこちらを見ていた穂高と目が合った。柊の気まずそうな表情からなにかを感じ取ったのか、ぴくっと眉を動かした穂高が、くるりと背を向けて寝室を出て行く。

自分が席を外すつもりだった柊は、気を利かせて退出してくれた男に心のなかで（ありがとうございます）と礼を言った。

『その……ちょっと進捗《しんちょく》を聞こうと思ってな』

電話口の部長が、気まずそうに一瞬言い淀《よど》んでから尋ねてくる。

『どんな感じだ？』

毎日メールで報告は上げているのだが、わかりやすい進展が窺えないことに痺《しび》れを切らして、電話をかけてきたのだろう。

「……すみません。まだ具体的にプロットが進んでいる状況ではなくて……」

『いや、急《せ》かすつもりはないんだ。じっくり取り組んでくれて構わない』

口ではそんなふうに言ってくれたが、できるだけ早く目に見える進展——プロットが欲しいというのが正直な気持ちであるのは伝わってきた。

『穂高先生はスロースターターだが、書き出せば早いと、初代担当者だった会長から聞いている。だからエンジンがかかるまでが勝負だな。おまえも泊まり込みで大変だと思うが、まずはプロットだ。頼むぞ』

大変どころか、毎晩トロトロに快楽に溺《おぼ》れているとは、口が裂けても言えない。

「……尽力《じんりょく》いたします。では、失礼します」

通話を切り、ふーっとため息を零《こぼ》した。

もちろんわかっていたことではあるが、改めて、速やかな進行が求められているのを実感する。

それと、つい失念してしまっていたが、病床《びょうしょう》にある会長のリミットも考慮しなければならない。いまは小康《しょうこう》状態にあると聞いているけれど、こればかりはいつ何時容態《なんどきようだい》が急変するかわからない。

(ぐずぐずしている暇はないんだ)

焦燥《しょうそう》を胸にぎゅっと携帯を握り締めたとき、ガチャッとドアが開き、ホットタオルを手にした穂高が戻ってきた。

「電話、誰だったんだ?」

どことなく不機嫌そうな顔で訊かれる。

「会社からでした。外していただいてすみません」

「会社……そうか」

なぜか少しほっとしたような面持《おもも》ちでうなずいて、穂高が室内に入ってきた。

「体を拭《ふ》いてやるから、ベッドに横になれ」

どうやら自分の汚れた体を拭くために、わざわざホットタオルを作ってきてくれたらしい。

「ありがとうございます。でも、自分で拭けますので」

「いいから横になれ」

うるさそうに遮《さえぎ》った穂高が、柊をベッドに腰掛けさせ、仰向けになるよう命じた。指示に従った柊の、太股《ふともも》に散る精液を、タオルで丁寧に拭き取ってくれる。

「……すみません」

恐縮のあまり、柊は消え入りそうな声でつぶやいた。

（……やさしい）

そのやさしさに触れて、胸が甘苦しく疼《うず》く。

そんなふうにされると錯覚してしまう。

この世に穂高と自分だけしか存在せず、濃密な時間が永遠に続くかのような錯覚。

だがそれは心得違いだと、一本の電話が教えてくれた。

逃避している場合じゃない。公私混同している場合でもない。

自分は編集者で、穂高は作家だ。自分の務めは、穂高の創作意欲を焚《た》きつけて、一刻も早く執筆に向かわせること——。

取り戻した使命感に背中を押された柊は、手早く身繕《みづくろ》いを済ませると、使い終わったタオルを持って寝室を出て行こうとする穂高を呼び止めた。

「あの」

穂高が足を止めて振り返る。今夜、初めてまともに正面から顔を見た気がした。このところは毎日ちゃんと髭《ひげ》を剃《そ》って、精悍《せいかん》な男前がキープされている。正面の男を眩《まぶ》しく感じた柊は、レンズの奥の目を細めて切り出した。

「先生のお力添えもあってだいぶ慣れてきまして、嘔吐《おうと》することもなくなりました。自分で言うのもなんですが、かなり感度が上がってきたように思います。このあたりで次のステップに進むべきかと」

「次のステップ？」

穂高が訝《いぶか》しげな声を出す。

「ほかの人間との絡《から》みです。これまでは先生のお手を煩《わずら》わせてしまっていましたが、現行の取材スタイルでは、先生が客観的な視座を持てません。そこで考えたのですが、以前先生がお願いしたプロの方たち、あの方たちに私の相手をお願いすることはできないでしょうか」

柊の伺いに、穂高はくっきりと濃い眉をひそめた。

「おまえがそこまでする必要はない」

確か前に家事をやりたいと申し出た際も、同じように却下された。穂高は、自分以外の人間に過度な負荷がかかるのを良しとしない性分のようだ。

彼の持つ男気が許さないのかもしれないが、ここで引き下がっていたら先に進めない。それに柊自身、穂高の役に立っている実感が欲しかった。

「いいえ、あります」

ひとまず反論してから、どうやって説得しようかと考える。一呼吸置いて言葉を継いだ。

「――私がいま、ここにこうしているのは仕事のためです」

ともすれば公私混同しがちな自分を戒《いまし》める意味合いも込めて、揺るぎなく断じる。

「………」

穂高からはすぐにリアクションがなかった。十秒ほど沈黙したのちに、掠《かす》れた低音で「……仕事のため」とつぶやく。

「はい。仕事である以上は、編集者としてきちんと結果を出す必要があります。いまはまだこれといった成果が出ていない状態ですので、私としては……」

「わかった」

「先生に円滑《えんかつ》にプロットを進めていただくためにも」

「もういい！」

怒気《どき》を孕《はら》んだ声で遮られ、柊はびくっと肩を揺らした。

「先生」

ふいっと横を向いた穂高が、押し殺したような声音で「あいつらを呼べばいいんだな」と確認してくる。

「……はい」

「手配する」

言うなり柊に背を向けた穂高は、二度と振り返ることなく、寝室から出て行った。

翌日の穂高は、連載小説の締め切りが近いのか、ほぼ書斎に籠もり切りだった。昼食時はリビングに出てきたが、一言も発せずに黙々とチキンカレーを口に運び、食べ終わるとすぐにまた書斎に戻っていった。

その後、リビングには一度も顔を出さないまま日が暮れる。夕食の席でも、むっつりと黙り込んだ穂高を前にして、柊は無言で箸《はし》を動かした。こういうとき、うかつに話しかけて、せっかく生まれかけていた神展開が立ち消えてしまったら、穂高作品の読者としても自分を許せない。

十五分後、箸を置いてダイニングテーブルの椅子から立ち上がった穂高が、無表情に切り出した。

「二人を呼んだ。明後日《あさって》の夜八時にここに来る」

一瞬、なんの話かわからなかったが、少し考えて思い当たる。プロのセックスワーカーの件だ。意外と直近であることに焦《あせ》ったが、忙しいなか、せっかく手配してくれた穂高の手を、再度煩わせるわけにはいかない。

「明後日の八時ですね」

内心の動揺を隠すために、平静を装《よそお》って「わかりました」と応じる。すると穂高の黒い瞳がじっと見下ろしてきた。

「……本当にいいんだな？」

翻意《ほんい》を促《うなが》すように聞こえる声音に、「本当に、とは？」と聞き返す。

「わざわざプロを呼ぶからには、絡みには本番行為も含まれる。その覚悟があるんだな？」

（本番行為……）

正直なところ〝絡み〟がそういう意味だと理解していなかった。だとしても、自分から言い出してお膳立《ぜんだ》てしてもらった以上、今更無理ですとは言えない。それにここで逃げたら、また昔の自分に逆戻りだ。

「大丈夫です」

怖《お》じ気《け》づきそうなおのれを鼓舞《こぶ》するために、あえてきっぱりと言い切る。

穂高がかすかに瞠目《どうもく》し、そのあとで目を細めた。

「……大した愛社精神だな」

褒め言葉とは思えない、吐き捨てるような低音に、ぴくっと肩が揺れる。

愛社精神はもちろんあるが、どちらかと言えば、穂高の役に立ちたいという私情のほうがより強い。だがそれを口にして、重荷になるのもいやだった。自分の勝手な思いで、穂高に無用なプレッシャーをかけたくない。

そのままリビングから出て行こうとする穂高を見て、柊はあわてて椅子から立ち上がった。

「あ、あの……今晩の体験取材は？」

足を止めた穂高が、斜め後ろの柊に冷ややかな視線を投げかけ、「なしだ」と告げる。

「えっ……なし？」

「毎日出していたら、出るものも出なくなる。明後日の本番まで体を休めろ」

そう言い置くと、内扉を通り抜けて書斎へ戻っていった。リビングに一人残された柊は、束《つか》の間悄然《ましょうぜん》と立ち尽くす。

(本番までなしということは、明日もなし……ということか)

今夜ないというだけでもけっこうショックなのに……。

「……二日続けてないなんて」

思わず落胆の声を零した柊は、ふるっと頭を振った。

穂高は新作一本に専念できる自分と違って、締め切りを複数抱えている。忙しいのだ。

そう自らに言い聞かせる側から、寂寥感《せきりょうかん》に苛《さいな》まれた。このところ毎晩人肌に触れていたので、今夜はそれがないと思うだけで物足りない気分になる。

なんという贅沢《ぜいたく》な人間になってしまったのかと、自分に腹が立った。

〝立腹《りっぷく》〟といえば――穂高だ。

気のせいだろうか。今日一日、様子がおかしかった。締め切り間近でイライラしているのかもしれないとも思ったが、苛立っているというよりは立腹している感じで、終始不機嫌だった。

チャンスがあったら寝室で、それとなく様子伺いしてみようと思っていたが、それも叶わなくなった。

それともう一つ、胃にずっしりとくる懸案《けんあん》事項。

「……本番……か」

女性との絡みか、男性との絡みか、はたまた両方か。

相手はプロフェッショナルだからリードしてくれるだろうし、そのためにこれまで穂高とレクチャーを積み重ねてきたのだから、どんなシチュエーションであろうとがんばるしかないのだが……うまくやれる自信がない。

心配事が頭から離れず、ベッドのなかで悶々《もんもん》と考えてしまって、なかなか寝つくことができずに寝不足気味で迎えた翌朝。

〝気のせい〟ではなかったことを知った。

翌日になっても穂高の機嫌は直っていなかったばかりか、むしろ悪化していた。目を合わせてくれないし、全身から立ち上る拒絶オーラがすごい。しまいには「夕食は要《い》らない」と言って外出してしまった。

こんなこと、生活を共にし始めてから初めてだ。

(嫌われた？)

一人では持て余す広さのリビングで、ソファにへたり込んで理由を考える。思い返せば、穂高の様子がおかしくなったのは一昨日《おととい》の夜からだ。ホットタオルで体を拭いてくれたところまでは、いつもの穂高だった。問題はそのあと。自分が「次のステップに進みたい」と言い出したあたりから、雲行きが怪しくなった。

（出しゃばり過ぎた？）

ちょっと前までゲーゲー吐いていたくせに、調子に乗っていると不興《ふきょう》を買ったのだろうか。そうかもしれないし、そうではないかもしれない。わからない。手の届く場所にあるような気がしていた穂高の気持ちが、いまは遠く離れてしまって摑めない。……いや、そもそも心が通ったことなど一度もなく、そう思ったこと自体が奢《おご》りだったのかもしれない。

日本有数のベストセラー作家である穂高と、数多《あまた》ある出版社のいち編集者でしかない自分が対等なわけがないのだから。

それなのに、憧《あこが》れの人にやさしくされて舞い上がって、挙げ句の果てに分不相応《ぶんふそうおう》の恋心まで抱《いだ》いた。……罰《ばち》が当たったのだ。

その夜、穂高は深夜をだいぶ回ってから帰宅した。寝ずに待っていた柊は「お帰りなさい」と玄関で出迎えたが、「まだ寝ていなかったのか。体を休めろと言っただろう」と恐い顔で叱責《しっせき》され、さらに落ち込んだ。内廊下で擦《す》れ違《ちが》った穂高からは、強いアルコールのにおいがした。

（憂《う》さ晴《ば》らしに酒を？）

もしかしたら、編集者との暮らしが息苦しいんじゃないだろうか……。

自分の顔を見るたびに、プロットを急かされているような心境になるのかもしれない。

それでも穂高はやさしいから、「出て行け」と言い出せないのだろう。だとしたら、自分が言うべきなのではないのか。

プロットさえ上がれば——小説の設計図ができ上がれば、発売日の大体の目安が立つ。会社も安心するし、来《きた》るべき発売日に向けて各部署もスタートを切ることができる。

(そうだ)

プロットが完成したら、ここを出ていこう。

そこから先は、作家と編集者としての適切な距離感を保ちつつ、執筆のサポートに当たる。

(それがいい)

穂高のストレス軽減のためにも、なるべく早くその意思を伝えよう。

結論が出たのに、ちっともすっきりしない。胸のなかをコールタールみたいにドロドロした黒い感情が渦巻《うずま》き、胃が重苦しくて全然眠れなかった。

結局まんじりともできずに三日目の朝を迎える。穂高は二日酔いなのか、頭痛がすると言って部屋から出てこず、朝食も摂《と》らなかった。

午前・午後とここを出て行く件を切り出すタイミングを計っていたが、穂高は相変わらず書斎に籠もりきりで、稀《まれ》に出てきても取り付く島がなく、時間ばかりが過ぎていく。

一日穂高の動向にやきもきしていたせいで、なんの心の準備もできないままに、約束の時間を迎えることになってしまった。

八時きっかりにインターフォンのチャイムが鳴り、男女二人組が登場する。きれいに日焼けした茶髪の男性と、ロングヘアの女性だ。

「お邪魔します。本日はよろしくお願いします」

穂高も書斎から出てきた。しばらく毎日ちゃんと髭を剃っていたのだが、ここ数日でまた無精髭が顎《あご》に散っている。そのせいか余計に不機嫌そうに見える強面が、二人に「よろしく頼む」とだけ言った。それきり黙ってしまった穂高に代わって、仕方なく自己紹介する。

「柊と申します。至らぬところもあるかとは思いますが、どうかよろしくお願いします」

日焼けした男性が「ヒイラギさんですね。初めまして。僕のことはワタルと呼んでください」と名乗った。

「初めまして、アカリです。よろしくお願いします」

女性も明るく挨拶《あいさつ》してくれる。実は彼らとは一度遭遇しているのだが、〝仕事中〟だった二人のほうは覚えていないのだろう。あのときは動揺が激しくてわからなかったが、こうして顔を合わせてみれば、二人は柊と同年代と思われた。

「えーと、ヒイラギさんは3Pは初めてだと聞いているんですが」

ワタルの確認に「はい」と答える。どうやら本日の依頼内容は、あらかじめ穂高から伝わっているようだ。

「３Ｐどころか……私は童貞です」

柊の告白に、ワタルは「えっ？」という顔つきをしたが、そこはプロフェッショナルの対応とでも言おうか、それ以上余計なことは言わずに「了解です」とうなずいた。

「では、早速始めましょうか」

四人で寝室に移動する。椅子に腰を下ろす穂高の傍《かたわ》らで、二人がてきぱきと衣類を取り去った。まるで躊躇《ちゅうちょ》がないのは、さすがはプロだ。対して柊は、いつもより脱ぐのに時間がかかった。穂高の前で裸になるのには慣れてきていたが、今夜はそれとは状況が違う。

一糸《いっし》まとわぬ全裸となったワタルとアカリは、堂々としていてスタイルもよく、柊は二人と並び立つことに気後《きおく》れを覚えた。それと前後して、遅ればせながら実感が湧いてくる。

本当に、いまからここでセックスするのだ。——穂高の前で。

ちらっと横目で窺った穂高は、脚を組んで腕組みをしている。その表情は引き続き険《けわ》しい。

「ベッドに上がりましょうか」

ワタルに促《うなが》され、成人男女三名が乗っても充分な広さがあるベッドに上がった。いよいよだと思うと、心臓が不穏に乱れて、じんわり汗ばんでくる。

「ヒイラギさんはなんにも考えずに僕らに任せてください。ただ気持ちよく感じていれば大丈夫なので。——はじめは、ヒイラギさんとアカリの絡みからでいいですかね？　そのほうがヒイラギさんもリラックスできると思うんで」

同意を求めるワタルの視線の先で、穂高が黙って首肯《しゅこう》した。

「ヒイラギさんがアカリに挿入したところで、僕も参戦します――じゃあ、アカリ」

ワタルの合図を機に、アカリが四つん這いになって近寄ってくる。柊は反射的に尻で後ずさったが、すぐ後ろにワタルがいて、逃げられないように両方の二の腕を掴まれた。

間近に迫ったアカリが、性器にローションをふりかけ、両手を使って愛撫し始める。おそらくは、すごい技術を駆使《くし》しているのだろうが、柊のそれはぴくりとも反応しなかった。

穂高にされたときは、恥ずかしいくらいに濡れて、硬くなったのに……。

「……緊張しちゃっているんですかね？」

思ったような反応が得られず、困惑の声を出したアカリが、今度はくったりしたままの性器を口に含んだ。アカリがフェラチオをしているあいだ、ワタルが耳と首筋を舌や唇で愛撫したり、肩を舐《な》めたり、胸を弄《いじ》ったりと、加勢してくる。

しかし、プロフェッショナル二人がかりのテクニカルな愛撫にも、柊はまるで感じることができなかった。

ベッドの側で一部始終を観察している穂高の視線が気になって集中できないし、なにをされても気持ちいいと思えない。かつて一人でしていたときに戻ってしまったみたいだ。

ついにアカリがギブアップして、ワタルに主導権を渡す。

「作戦変更して、僕が先に繋がります」

そう宣言したワタルが、柊を四つん這いにさせ、背後から覆《おお》い被《かぶ》さってきた。「前立腺《ぜんりつせん》マッサージしますね」と説明してから、コンドームを被せた指で尻の割れ目を開き、露出した後孔《こうこう》にローションを垂《た》らす。

「……っ」

指先を含ませられる異物感に、柊は息を呑んだ。ぴくっとペニスが震えるのを見たワタルが、「後ろのほうが反応いいな」とつぶやいた。その声からは、なんとしてでも勃起させて3Pまで持っていくという、プロとしての意気込みを感じる。

ワタルがじりじりと指を沈めてきた。括約筋《かつやくきん》をぎゅっと締めて押し出そうとしたが、ローションの滑《ぬめ》りのせいで果たせない。いったん根元まで挿入した指を、ワタルが抜き差し始めた。ずぷっ、ぬぷっと出し入れされて、喉から苦しい呻《うめ》き声《ごえ》が漏れる。

「うっ……ううっ……うっ」

なにかに縋《すが》りたい一心で、想い人の姿を捜す柊の視線が、こちらを見ている穂高の昏《くら》い視線とかち合った。

漆黒《しっこく》の瞳の奥に、ちろちろと赤い炎が揺らめいて見える。

助けて！

叫びそうになるのを、シーツをぎゅっと摑んで堪《こら》えた。顔を背《そむ》けて視線の交わりを解き、ぐっと奥歯を噛み締めて、逃げ腰な自分を叱咤《しった》する。

逃げるな！　体を張れ！

会長のために新作を生み出したいという穂高の想い。

その想いを結実させるために、自分にできることはこれくらいしかない。

（……ないんだ）

悲壮な覚悟を決めた刹那、ワタルがずるっと指を引き抜き、窄《すぼ》まりに硬いものを押しつけてきた。いつ勃起したのだろうと驚く間もなく、めりっという痛みが走る。体を真っ二つに割られるような激痛に、全身の産毛が逆立ち、ぶわっと涙が盛り上がった。

「ひ、あぁーっ」

空気を切り裂く悲鳴が口から迸り出た——そのとき、出し抜けに穂高が椅子からガタッと立ち上がる。

「やめろ！」

激情に駆られたような制止の声に、ワタルがぴたっとフリーズした。柊も硬直する。のろのろと穂高を振《ふ》り仰《あお》ぐと、男は両手を硬く握り締めて仁王立《におうだ》ちしていた。

「柊から離れろ！」

血相《けっそう》を変えた穂高から、ふたたび鋭い命令口調が放たれる。

（ここでやめる？　自分が痛がったから？）

おのれの失態《しったい》に青ざめ、柊は声を張り上げた。

「私は大丈夫です！」

しかし、決死の訴えはすげなく無視される。状況を見極めているらしきワタルに向かって、穂高が「今夜はここまでだ」と低く告げた。

「途中で悪いが、今日のところは引き取ってくれ」

「先生、やれます！　まだやれますから！」

「駄目だ」

穂高の最後通告を受け、ワタルが先端を抜いた。がくっと突っ伏す柊にブランケットをかけて、アカリと二人でベッドを下りる。穂高の前に並び立った二人が、神妙《しんみょう》な顔つきで詫びた。

「ご期待に添えなくてすみません……」

「きみたちのせいじゃない。こちらこそすまなかった。ギャランティは当初の提示どおりの金額を振り込むから」

「ありがとうございます」

手早く衣類を身につけた二人が、「失礼します」と一礼して寝室から出て行く。

予期せぬ展開に混乱し、二人が退室したあともしばらく呆然としていた柊は、穂高が振り返ったのを見て、あわててベッドの上に正座した。いまだに頭のなかはとっ散らかっていたが、とにかくまず謝罪しなければ――。

「私が不甲斐《ふがい》ないばかりに……申し訳ございません！」

がばっと平伏して額《ひたい》をシーツに擦りつけていると、二の腕を摑まれ、ぐいっと引っ張り上げられた。ベッドに膝立ちになった次の瞬間、掻き抱くみたいに、ぎゅっと強く抱き締められる。

「………っ」

とっさにはなにが起こったのか理解できなかった。穂高の胸のなかで、喘《あえ》ぐように「せ……んせい？」とつぶやく。

「謝るな」

耳許に苦しそうな低音が吹き込まれた。

「そうじゃない。おまえが悪いんじゃない。俺のわがままだ」

「……え？」

抱擁《ほうよう》を解き、柊の体を少し離した穂高が、真摯《しんし》な眼差しで見つめてくる。

「どうしても我慢できなかった」

苦渋に歪《ゆが》んだ顔が告げた。

「おまえを、誰にも触らせたくない」

六

――おまえを、誰にも触らせたくない。

穂高《ほだか》の発言を、脳内でリフレインする。

（どういう……意味？）

言葉の意味自体は拾えるのだが、それがどういう意味合いで発せられたのかがわからなかった。

答えを探そうとして、目の前の顔をまじまじと見る。彫《ほ》りの深い貌《かお》には、苦悩の影が色濃く落ちていた。

「俺はどうかしていた……。おまえが望んだからといって、第三者との本番行為など容認すべきじゃなかった。なのにおまえに『私がいま、ここにこうしているのは仕事のためです』と言われたショックで、冷静な判断力を失ってしまった」

「冷静な判断力を……？」

まだぴんと来ずに、鸚鵡返《おうむがえ》しにする。

「無論、仕事のためというおまえの主張はもっともで、正しいとわかっている。おまえの献身のすべては新作のためだということもわかっている……」

苦しい表情で繰り返した穂高が、羽織《はお》っていたカーディガンを脱ぎ、柊の肩にふわりと被《かぶ》せた。カーディガンの上から両肩を摑み、思い詰めたような面持ちで、柊の顔を覗き込んでくる。

「だが、おまえと違って俺はもう、おまえを小説の題材として見ることができない。とっくに客観性を失ってしまっているんだ」

「………」

意外な告白に面食らい、ゆるゆると瞠目《どうもく》した。

(小説の題材として見ることができない……?)

「夜の寝室でのあれやこれやも、体験取材と称していたが、途中から仕事の枠《わく》を逸脱《いつだつ》していた。もうここまで来たらぶっちゃけるが、おまえが寝室から出て行ったあと、おまえをオカズに抜いていた」

すごいことを明かされた驚きに、「ええっ」と大きな声が出る。

「オ、オカズ……?　で、でも、私なんか顔が整っているわけでも、スタイルがいいわけでもありませんし……」

困惑のあまり、しどろもどろになる柊に、穂高がつと眉をひそめた。

「おまえは、自分の顔を見たことがないのか？」

真顔で問いかけられ、ますます狼狽《うろた》える。

「も、もちろんありますけど」

「それでどう思うんだ？」

そんなふうに問い詰められると、にわかに自分の容姿に対する自己認識がぐらついた。

そういえば、子供の頃はわりと頻繁《ひんぱん》に「色白でかわいらしい顔立ちをしている」と褒《ほ》められたような気がする。けれど小学校四年生で視力が急激に落ち、眼鏡をかけるようになってからは、容姿に関して人からなにか言われることがなくなった。なのでそれ以降は特段、自分の顔が他人と比べてどうなのかを深く考えることもなかった。女性と違ってメイクをするわけでもなく、鏡とじっくり向き合う必要がなかったせいもある。

「……乱視がひどいので……裸眼だと鏡を見てもはっきりとは見えていなくて」

「なるほどな」

穂高が納得した様子でうなずいた。

「まあ、自覚がないならそれでいい。俺がおまえに惹《ひ》かれたのは、ルックスが理由じゃないからな」

惹かれた——と言われてドキッとする。

（それって……もしかして）

急激な胸の高まりを意識していたら、穂高がふーっと息を吐き、目を伏せた。考えをまとめているのか、しばし沈思黙考《ちんしもっこう》してから、ふたたび視線を上げる。

「第一印象は神経質そうな能面眼鏡《のうめんめがね》。真面目だけが取り柄《え》の、近視眼的《きんしがんてき》で使えない男。その印象は二回目で確信に変わった。寝室から逃げ出し、外廊下で吐いているおまえを見て、俺の伴走者《ばんそうしゃ》には力不足だと見限った」

散々な自分評に、膨《ふく》らんでいた心の風船がぺしゃんこになった。だがまさしく、あのときの自分は、見限られて当然の醜態《しゅうたい》を晒《さら》してしまった。

「二度と会うことはないと思っていたが、予想外におまえはしぶとかった。門前払いにも懲《こ》りずにしつこく通い詰めてきて、ついに根負けして部屋に上げた俺に、とんでもない爆弾をぶつけてきた。『この体を使ってやってください』と。——突拍子《とっぴょうし》もない申し出を受け入れたのは、実のところプロットに詰まっていたからだ。あの頃は、会長が生きているあいだに、必ず恩返ししなければという気負《きお》いが空回りしていた」

穂高の述懐《じゅっかい》を耳に、三度目にここに上がった際の、クマのような髭面《ひげづら》と荒《すさ》み切った部屋を思い出す。

「おまえにここに住めと言ったのは、どの程度本気なのかを試すためだった。どうせすぐに逃げ出すだろうと、正直高をくくっていたが、意外にもおまえは俺の無茶な要求に食らいついてきた。同じ空間で一緒の時間を過ごすうちに、当初は能面の陰に隠れていた素顔が見えてきた。家事であろうが雑務であろうが、どんなことにも手を抜かずに真正面から向き合う。仕事に対しても責任感が強く、常に真摯《しんし》。現状に甘んじず、努力を惜しまない。過去のトラウマからも逃げずに、ひたむきに立ち向かう」

「……先生」

穂高がそんなふうに自分を評価してくれていたことを知って、胸が熱くなった。うっすら顔を紅潮させる柊を、穂高がじっと見つめてくる。自身の独白に対するこちらの反応を見定め、真意を探るような眼差しだ。

「俺の愛撫に素直に反応する姿をかわいいと思ったときには、おそらくもうハマっていた。必要以上の手出しを自らに禁じ、自分を律するのに、かなりの忍耐力が必要だった」

思わず「嘘……」と口走ると、穂高が「嘘じゃない」とムキになって否定した。そのあとで、かすかな自嘲を浮かべる。

「おまえにかかってきた電話にやきもきするくらいには、周りが見えなくなっていた」

「電話って……部長からのですか?」

「そうだ。会社からだと聞いてほっとしたのも束の間、俺以外の誰かとの絡みを提案されて、崖《がけ》の下に叩き落とされた気分だった」

当時の心情を思い出したらしく、穂高の顔が険《けわ》しくなった。眉間《みけん》にくっきりと縦皺《たてじわ》が浮かぶ。

「これまで共に過ごした時間は、おまえにとって全部仕事だったのだと思い知らされ……ひどくショックを受けた。なんでこんなにダメージを受けているのかと自分に問い質《ただ》して、ようやく自覚した。もう、おまえを仕事相手とは思えなくなっていることに。それまでも薄々、おまえへのただならぬ執着を意識していたが、あのとき、はっきりと恋情であることを自覚した」

穂高の口から出た「恋情」という言葉に、全身がビリビリと震えた。

「そのおまえが自分以外の誰かと絡むところなど見たくない……ぜったいに」

地を這うような低音を落とすのと同時に、柊の肩を摑む穂高の手にぐっと力が入る。

「……………っ」

指で圧迫されている場所が痺《しび》れ出した頃、少し力が緩《ゆる》んだ。

「だが一方で、新作のために全身全霊で奮闘《ふんとう》してきたおまえを、俺は誰より知っている。ステップアップを望むおまえの向上心を阻《はば》みたくないという思いと、私情の板挟みで悶々《もんもん》と葛藤《かっとう》した。悩んだ末に手配こそしたが、その後も迷いは消えず……苦しくて……おまえから逃げ……酒に溺《おぼ》れた」

絞《しぼ》り出すような掠《かす》れ声で、ここ数日間避けられていた理由を詳《つまび》らかにされる。

（そうだったのか）

「そして今日……〝自分以外の誰か〟に触れられているおまえを目《ま》の当たりにして、これまで一番の忍耐を強《し》いられた。耐えろ。新作のためだ。会長のためだ。そう自分を説得し続けたが、結局我慢できなかった。結果として、おまえに無駄骨を折らせてしまった。すまない」

頭を下げられてあわててふためき「顔を上げてください！」と頼んだけれど、穂高は頭《こうべ》を垂《た》れたまま動かなかった。

(これは……現実なのか?)

どこかリアリティに欠けた、ふわふわと浮き足だった心持ちで、柊は自分に問いかける。

(本当に現実なのか?)

饒舌《じょうぜつ》に語られた話を要約すれば、導き出される答えは一つ。

でもまだ信じられない。こんなに丁寧に、真摯に言葉を尽くされても、実感が湧かない。

だって、穂高が自分を――穂高もまた自分を好いてくれているなどという奇跡が起こりうるだろうか。自分の人生に、そんな幸運が降ってくるなんて信じられない。

夢じゃないのか。都合のいい妄想じゃないのか。

しつこく疑っていると、穂高が不意に顔を上げた。柊が知っている穂高は、いつだって不遜《ふそん》なほど自信に満ち溢れていた。だがいま目の前の男からは、微塵も余裕が感じられず、精悍《せいかん》な顔は追い詰められたように強《こわ》ばっている。

「俺におまえの成長を妨《さまた》げる権利はないとわかっている。それでも、どうしてもいやなんだ。おまえを、誰にも触らせたくない」

同じ台詞《セリフ》をいま一度繰り返した穂高が、切なげに目を細めた。

「……好きだ」

「………っ」

短いけれど想いが凝縮された告白が、鼓膜を介して、体全体にゆっくりと染み渡っていく。するとそれに呼応《こおう》するかのごとく、胸の奥からとろとろと、蜂蜜《はちみつ》みたいに甘くて濃密な感情が溶け出してきた。

気がつけば、喉元までひたひたといっぱいに満ちていて――ついに溢れる。

「……好き」

唇から零《こぼ》れた言葉に、穂高が目を瞠った。

「柊……？」

「好きです。私も先生が好……っ」

出し抜けに抱《だ》き竦《すく》められて、言葉が途切れる。

「本当か？　仕事の一環じゃないよな？」

差し迫った声で確認された。自分の〝仕事〟発言が穂高の心に残した爪痕《つめあと》の深さを知り、誤解を解く必要性を感じる。抱擁《ほうよう》をやさしく解いて、会話に適した距離を取ろうとしたが、穂高の両手がすかさず背中から腰に移動して、離さないぞと言わんばかりにホールドしてきた。

離れるのは諦め、間近から余裕のない表情《かお》を見上げる。

「セックスにトラウマを持っていた私が、そのトラウマを克服《こくふく》できたのは、相手が先生だったからです。先生でなければ、心と体を開くことはできなかった。先程先生は、共に過ごす時間が増えるにつれて、私の素顔が見えてきたとおっしゃいましたが、私も同じです。一緒に住むようになって、表層からは窺えなかった先生の本質が見えてきました。こちらが困っていると、黙って手を差し伸べてくださる包容力。現在でも会長への恩義を忘れない義理堅さ。そしてなにより、小説に対する真摯な姿勢と熱い想い。もともと作品のファンでしたけれど、その人間性に接して、もはや尊敬の念では収まらない次元まで気持ちが高まってしまった……。自分の恋心を自覚して、決してこの気持ちを覚《さと》られてはならないと思いました。知られることで、仕事上の関係すら失うのが恐かったからです」

「…………」

そうまで言ってもなお、穂高の顔は硬く、瞳にも輝きが戻らなかった。いまだ一抹《いちまつ》の疑念を払拭《ふっしょく》しきれないのは、おそらくは作家と編集者という、穂高と自分の関係性に依《よ》る。新作のためならなんでもすると、穂高に思わせてしまったのは自分だ。

どうすれば信じてもらえるのだろうか。

思案しながら無意識に、眼鏡のフレームに触れる。そのまま眼鏡をすっと外した柊は、レンズというフィルターを取り除いた裸眼で、穂高をまっすぐ見つめた。

「私が嘘をついているように見えますか?」

しばらくのあいだ、穂高は柊の目を食い入るような眼差しで覗き込んでいたが、ほどなくふっと全身から力を抜く。

「見えない」

そう返答した穂高が、ようやく口許《くちもと》を綻《ほころ》ばせた。魅力的な笑顔を見て、信じてもらえた安堵に、柊も笑顔になる。

穂高の疑いを晴らすことはできたので、今度は自分の番だ。

「あの、逆にお訊きしてもいいですか。先生こそ本当に私でいいんでしょうか？　私は男ですし……」

穂高はゲイではないだろうし、これだけの器量の持ち主ならば相手は選び放題なはずで、わざわざ同性である自分を選ぶ必要はない。

柊の質問に、穂高が小さく肩を竦《すく》めた。

「本が売れてメディアで名前を取りざたされるようになって以降、各方面からそれなりのアプローチがあったのは否定しない。だが、文字どおり捨て身でぶつかってきたのはおまえだけだ。冷静で慎重なようでいて、一度こうと決めたら思い切りよく体当たりしてくる。俺はそのギャップに惚れたのかもしれないな。これで答えになっているか？」

「はい」

心の憂《うれ》いがすべて消えた柊は、この上なく幸せな気分で「誠実にお答えくださってありがとうございます」と礼を言う。

「よし」

うなずいた穂高が、うれしそうに破顔《はがん》して、大きな手で柊の頬を包み込んできた。額と額をこつんとくっつけて囁く。

「じゃあ、キスだ」

ゆっくりと覆い被さってくる唇は熱くてやさしい。

柊は生まれて初めてのキスに、陶然《とうぜん》と身を委《ゆだ》ねた。


キスが気持ちいい。口の外も、口のなかも気持ちいい。

唇を吸い合うのも、舌を絡め合うのも、唾液《だえき》を啜《すす》り合うのも……いい。

こんなに気持ちいいものだなんて知らなかった。

でも、こんなに気持ちいいのは、きっと相手が穂高だから。大好きな人だから。

初めてのキスの相手が穂高でよかった……。

上唇、下唇、歯列《しれつ》、歯の裏、上顎《うわあご》の裏、舌の裏筋、内側の粘膜《ねんまく》——舐《な》められた場所からとろとろ、とろとろ……溶けていく。

「……ん、ふっ」

ちゅくっと音を立てて口接《こうせつ》を解いた穂高が、唇を上にスライドさせて、額にもくちづけた。

眉、目蓋《まぶた》、頬、鼻の頭と下がっていき、最後にもう一度名残惜しげに唇を啄《ついば》む。至近距離から覗き込んでくる漆黒の瞳に、柊は蕩《とろ》け切った自分の顔が映り込んでいるのを見た。潤《うる》んだ目と半開きの唇。上気した肌。発情した動物みたいな……。

事実、すでにキスだけで下腹部が熱を帯びてジンジン痺れている。ちょっとした刺激で、すぐにでも勃ち上がりそうだ。

他愛《たわい》ない自分が恥ずかしかったが、それ以上に穂高を欲する気持ちが強かった。好きだから欲しいし、穂高にも自分を欲しがってもらいたい。

(好きだから……)

熱を帯びた眼差しで彫りの深い貌を見つめていたら、穂高がじわりと目を細めた。

「おまえは本当に、俺を煽《あお》るのが上手いな」

「煽……る?」

意味がわからずに聞き返した刹那《せつな》、とんっと肩を押される。

「うわっ」

仰向《あおむ》けにベッドに倒れ込んだ柊が首を起こすと、ベッドのフットボードの側に立った穂高が、トップスを脱いでいるところだった。両腕を上げて頭からカットソーを引き抜き、少し乱暴に床に放り投げる。

筋肉質の上半身をあらわにした穂高が、ギシッとベッドを軋ませて乗り上げてきた。膝立ちになった男に、上から矯《た》めつ眇《すが》めつ見下ろされて、反射的に股間を手で隠す。もじもじと太股《ふともも》

然違う。

「今更恥ずかしがるか？　散々俺の前で裸になっただろう？」

「で、でも、アレとコレは違います」

自分でも今更だと思う。けれどやっぱり、取材対象として観察されるのと、いまの状況は全然違う。

まじろぎもせずに見つめられて、視線に炙《あぶ》られた肌がじわじわと火照《ほて》っていくのを感じた。両手で隠しているペニスがむくっと起き上がる気配に、いよいよ羞恥が募る。ぎゅっと身を縮めていたら、不意に両足の足首を鷲掴《わしづか》みにされ、がばっと開脚させられた。

「あ……っ」

「手を外せ」

圧を感じる低音に、ぴくっと肩が揺れる。穂高の命令に抗《あらが》えず、柊はおずおずと両手を離した。ぷるんっと七分勃《しちぶだ》ちの性器が勃ち上がる。恥ずかしい状態のソコに食い入るような凝視を感じて、全身がカッと熱くなった。

「キスだけでもうこんなにおっ勃てたのか？」

昏《くら》く甘い声で詰《なじ》られ、眦《まなじり》に涙がじわっと滲《にじ》む。

「す……すみませ……」

「まあ、二日お預けだったからな」

鷹揚《おうよう》なつぶやきが聞こえた直後、裏筋をぴんっと指で弾かれた。

「っ」

声にならない声を発して、ぶるっとおののく。いまの刺激でさらに角度がつき、先端からじわっとカウパーが滲んだ。透明な雫《しずく》を指先ですくい取った穂高が、その指を尻の孔《あな》に突き刺す。

「アァッ……」

虚《きょ》を衝《つ》かれて大きな声が出た。とっさに尻と背筋を使って這い上がろうとしたが、まだ片方の足首を摑まれているので適わない。体内に残っていたローションの滑《ぬめ》りを借りた指は、粘膜の抵抗をものともせずにぐりぐりと突き進み続け、根元まで沈み切ったところで動き出した。ぬくぬくと出し入れされたり、ぐるりとグラインドされたり、肉壁を擦《こす》られたりする都度、柊はシーツの上で体をのたうたせる。

「ふ、あぁっ……」

「ずいぶんと気持ちよさそうだな」

穂高が耳許に唇を寄せて囁いた。

「……いい……です。気持ち……い」

「でも一番いいのは、ここだろ？」

耳の穴を舌でねぶられながら、ぐりっと前立腺《ぜんりつせん》を抉《えぐ》られ、全身がびくんっと大きく跳ねる。

「ああ――っっ」

先端から白濁《はくだく》が噴き上がり、穂高の引き締まった腹筋に点々と散った。

「……っ……っ」

達した余波でびくびくと痙攣《けいれん》する体を、ひっくり返される。俯《うつぶ》せの体勢で、尻を高く持ち上げられたかと思うと、双丘《そうきゅう》を真ん中から二つに割られた。まだ絶頂の余韻を引《ひ》き摺《ず》って、頭に靄《もや》がかかっていた柊は、スリットを弾力のある〝なにか〟で擦られる感触に息を呑んだ。

（な……なに？）

フリーズしているあいだも、それは尻の狭間《はざま》でぬるぬると蠢《うごめ》く。ぴちゃぴちゃと水音が聞こえてきてやっと、それの正体に思い当たった。

し、舌⁉

舌で孔を舐められている？

思いも寄らないアプローチに「やっ……あっ」と叫んだ。

指で解《ほぐ》されるのも相当恥ずかしかったが、舌はその比ではない。

「……やっ……ぃやっ」

なんとか辱《はずか》しめから逃れようと体を左右に振ったが、腰をがっちり押さえつけられていて果たせなかった。そのうちにただ舐めるだけでなく、〝なか〟にまで舌が侵入してくる。

「や、だ……やめて……え」

涙声の懇願《こんがん》にも、穂高は怯《ひる》まなかった。ぐっ、ぐっと舌を出し入れされると、尻に短い顎鬚《あごひげ》がちくちく当たって、ぞくぞくと首筋が粟立《あわだ》つ。

(あ……なんか……変)

首筋のぞくぞくがたちまち全身に広がり、気がつけば、さっき達したばかりのペニスがふたたび勃ち上がっていた。

「はっ……あっ……はあ」

恥辱《ちじょく》と興奮と快感と刺激が入り混じり、もはやなにがなんだかわからなくなった頃、ずるっと舌が抜け出す。代わりに火傷しそうに熱い張《みなぎ》りをあてがわれた。間髪《かんはつ》を容《い》れずに張り出た先端を呑み込まされて、「ひいっ……」と喉から悲鳴が飛び出す。

「かわいそうだが……もう待ってやれない。俺の我慢も限界だ」

苦しそうな声が耳に届いた瞬間、ガチガチに強ばっていた体の力がふっと抜けた。

自分だってもう限界だ。穂高が欲しい。

一つになりたい。揺るぎなく、一つに。

「……来て……っ」

無意識に口走るのとほぼ同時に、熱い塊《かたまり》がぐぐっと押し入ってくる。

口をついて迸《ほとばし》りそうな悲鳴をぐっと呑み込んだ。シーツをぎゅっと握り締めて、初めて経験する圧迫感に耐える。

とんでもなく恥ずかしい思いを乗り越え、痛みを堪《こら》えてまで、相手を受け入れて自分を明け渡す。

（これが——セックス）

少しずつ、少しずつ、体内の穂高の質量が増えていき、そうしてついに、すべてが収まった。

「はあ……はあ」

息が荒い。鼓動が早い。汗と涙で視界が霞《かす》む。

なにより、下腹部が熱い。ドクドクと脈打つ命。

穂高が……自分のなかにいる。

その実感に胸の奥が熱く潤んだ。

背後の穂高も、ふーっと大きく息を吐き、首筋と耳にキスをしてきた。

「……がんばったな」

労《ねぎら》いの言葉に、柊はこくこくと首を縦《たて》に振る。

（もしかしたら）

わからない。でも、もしかしたら。

性にトラウマを持ち、コンプレックスをこじらせたがゆえに、誰にも恋ができず、誰も愛せず、誰とも触れ合えなかった。

そんな自分が穂高と出会い、隠していた恥部を暴《あば》かれ、または自ら晒け出して、みっともなく足掻《あが》き続けた。

それらすべては、いまこの瞬間のためにあったのではないだろうか。

そう思えば、これまでのどんな些細《ささい》なことにも、意味があったように思える。

まさしく会長の言葉どおり、『なに一つ無駄な経験はない』だ。

「動《じ》くぞ」

焦れたような声音で宣言した穂高が、おもむろに動き出す。ずるっと引き抜いた屹立《きつりつ》を、ぱんっと押し込んできた。はじめは探るようだった抽挿《ちゅうそう》が、徐々にスピードを増し、激しくなっていく。それに伴い、柊のなかにも快感が生まれ、熱くて硬い充溢《じゅういつ》で擦られるにつれて、どんどん大きくなっていった。

「あっ……あ……あっ」

時を追って苛烈《かれつ》さを増していく穂高の情動を、精一杯受け止める。

穂高が腰を打ちつけてくるたびに、ずっしりとした陰嚢《いんのう》が尻にぱんっ、ぱんっと当たり、それにもすごく感じた。

「……はぅ……っ」

体内の穂高が最大限まで膨《ふく》らんだのがわかって息を呑む。かくいう柊の体も、マックスまで張り詰めた穂高を喜んで迎え入れ、肉壁《にくへき》をうねらせ、ねっとりと絡みついている。締めつけすぎたのか、背後で穂高が「くっ」と呻《うめ》いた。

「奥に出すぞ?」

宣言するなり、一気に深々と貫《つらぬ》かれ――膨張《ぼうちょう》し切ったものが最奥《さいおう》でどんっと爆《は》ぜる。

「あ――……っっ」

叩きつけられた熱い飛沫《ひまつ》が隅々まで染み渡っていくのを感じながら、柊も背中を限界まで反らし、果てた。

「……ふ……」

ずるっと引き抜かれ、がくりとシーツに突っ伏した柊の首筋に、ざらりとした髭が触れる。

「……柊」

「……はい」

「キス」

ねだられた柊は体を反転させた。穂高が顔を近づけてきて、唇が重なる。上唇と下唇を交互に吸った穂高が、額《ひたい》に張りついた柊の前髪を掻き上げた。

「すごく美味《うま》かった」

たったいま味わったばかりの〝初物《はつもの》〟の感想を述《の》べ、甘えるような声で囁いてくる。

「だがまだ食い足りない。おかわり……いいか？」

くすっと笑った柊は、頑強《がんきょう》な首に両手を回して引き寄せた。恋人の耳に唇をくっつけて囁き返す。

「もちろんです」

年明けの一月末、穂高は全力で取り組んでいた新作を無事に書き上げ、脱稿《だっこう》した。

公私《こうし》ともに穂高のパートナーとなった柊は、プロットが上がるまでの期間、引き続き新作のモデルとして〝体を張って〟協力した。その甲斐《かい》あってか、あらゆるジャンルの小説に精通《せいつう》した文芸班の部長をして「ひさしぶりに、いろいろな意味で興奮した。一刻も早く完成原稿を読みたい」と言わしめることができた。プロットに手応えを感じたらしい穂高にも「おまえのおかげだ」と言ってもらえてうれしかった。

執筆に入ってからは、求められれば忌憚《きたん》なき意見を述べ、必要とあらば穂高が納得するまで熱くディスカッションを交わして、制作過程にぴったりと寄り添った。

書き出せば早いという事前情報は正しく、穂高の集中力はすさまじかった。

柊はそんな穂高の体調管理に目を光らせ、快適な執筆環境を維持《いじ》するためのサポートに尽力した。また頃合いを見て、散歩やドライブ、外食などに誘い出し、二人でできるだけ外出するようにもした。柊はこの〝デート〟が楽しみだったが、穂高にとっても、いい気分転換になったようだ。

そうやって穂高と二人三脚で作り上げた作品は、官能というジャンルに収まらない、大人のエンターテインメント小説に仕上がった。

ゲラの段階で、本のプロで手練《てだ》れの読み手でもある書店員数名に読んでもらったが、予想以上に熱いリアクションが返ってきて、好感触を得ることができた。

装丁《そうてい》や仕様についても、穂高と話し合ってイメージを固め、最終的にはデザイナーが二人の意図を汲《く》んで形にしてくれた。

龍生《りゅうせい》出版も各部署横断で販促チームを作り、新刊売り出しのための戦略を練った。

今回は穂高も販促に協力的で、新聞や雑誌、インターネットなど、各媒体《ばいたい》のインタビュー依頼に積極的に応じてくれた。

他社を巻き込んでの『穂高充生《みつお》フェア』を張ったことも功《こう》を奏《そう》してか、予約は好調に推移《すいい》し、思い切って初版を大きく刷ったにもかかわらず、発売前に重版《じゅうはん》が決まった。

事前重版の吉報《きっぽう》に、社内では拍手喝采《かっさい》が沸き起こり、部長が興奮の面持《おも》ちで「よくやった!」と柊の肩を叩いた——のが十日前のこと。

発売後の初速《しょそく》も大変好調で、発売一週間で早くも三刷《ずり》目がかかろうか……といったところだ。

「そういえば昨日、徳島にいる内藤《ないとう》からメールが来ました」

「内藤?　ああ……あいつか」

柊の前の担当者を思い出したらしく、ステアリングを操りながら、横顔の穂高が軽くうなずいた。

三月下旬、桜の開花も近づいた土曜日。

穂高が運転するSUVに乗り込み、マンションを出発して二十分ほどが経過していた。今日のドライブの目的地は、郊外にある住宅地だ。

「新刊を発売日に入手して早速読んだそうで、相当興奮していました。これまでの穂高作品とはがらりとテイストが違って、新機軸《しんきじく》の穂高充生を読ませてもらったと」

「そうか。まあ、新機軸っていうのは間違っちゃいないな。新作にはモデルであるおまえの意見がかなり反映されている。これまでのキャリアのなかで、ここまで担当編集者の意向を取り入れたのは初めてだ」

もちろん、小説は作家のものであり、書きたいものを書きたいように書くのが基本。それを踏まえた上で、今回の新作に関しては、編集者として、またはモデルとして、少なからず内容に踏み込ませてもらった。それも、穂高の包容力あってこそだ。

「新たな視点からのアドバイスを取り入れることで、いままでにない新風を吹き込むことができた。結果的に、新規読者層の開拓にも繋がった」

正面の信号が赤になり、穂高がブレーキを踏み込んで車を停めた。助手席のほうに顔を向けた恋人と、柊は視線を合わせる。

「おまえには感謝している」

心からそう思っていることが伝わってくる言葉に、胸のなかがじんわりとぬくもった。

感謝ならば自分のほうが何倍……いや何百倍もしている。

穂高には、数え切れないほどたくさんのものを与えてもらった。

自分に欠けていた部分を埋めてもらった。

知らなかった喜びや幸せを教えてもらった。

この恩は、一生をかけて返していきたい。

「私のサポートなど微々《びび》たるもので、九十九パーセント先生の実力ですが、結果が出たのは本当によかったです」

微笑んでそう返すと、穂高も笑みを浮かべた。が、すぐに表情を改める。

「とはいえ、まだクリアしなくちゃならないハードルが残っている以上、気は抜けないがな」

「私も緊張しています」

同意を示した柊は、眼鏡のブリッジに中指を添えてカチッと持ち上げた。

「むしろここが一番の関門ですよね」

初代担当編集者である〝彼〟は、果たしてどのようなジャッジを下すのか。

「でも……きっと、会長もおもしろいと言ってくださるはずです」

確信を持ってつぶやき、膝の上の茶封筒を愛《いと》おしげに撫でた。封筒のなかには、病床の会長に渡す新刊の初版本が入っている。

「ああ……そうだな。とにかく間に合ってよかった」

安堵が滲む声に、柊もしみじみと賛同して「ええ」とうなずいた。

（よかった。本当に）

信号が青に変わり、穂高がアクセルを踏んだ。滑り出したSUVが、やがて車の流れに乗って走り出す。

二人で作り上げた作品を、大切な恩人に届けるために——。

その後の蜂蜜と眼鏡

【そのごのはちみつとめがね】

一

ガラス戸を開けてバルコニーに出ると、さわやかな五月の風が吹きつけてきた。

初夏らしい、青く澄み渡った晴天。絶好の洗濯日和だ。

胸当てエプロンを着けた柊一路《ひいらぎかずみち》は、抱えていたランドリーバスケットをデッキに置いて、なかから洗濯物を取り出した。

まず手にしたのはコットンの白シャツ。皺《しわ》にならないようにパンパンと振り捌《さば》き、空気を含ませる。袖《そで》や前立て、ポケットなどをぴんぴんと指で引っ張って洗い皺を伸ばしたあと、型崩れを防ぐためにハンガーにかけた。コットンは天然素材なので、紫外線によるダメージ防止策として日陰を選び、物干し竿《ざお》にハンガーを引っかける。いわゆる日陰干しだ。

次に手に取ったのはTシャツ。ハンガーを使うと伸びてしまうので、形を整えてから二つ折りにして物干し竿にかける。

ボトムは裏返して、乾きにくいポケットを外に出し、ピンチハンガーに筒《つつ》状にして吊るす。

靴下は履《は》き口《ぐち》のほうをピンチで止め、袋状の部分を摘《つ》まんで開いて空気を入れておく。

最後にタオルを物干し竿に二つ折りにしてかけた。これにもコツがある。二つ折りの片側を長く、もう片側を短くして、垂れ下がる長さを変えて干すのだ。こうしておけば、日に当たる面積が大きくなって乾きが早くなる。風で飛ばされないように洗濯ばさみで両側を留めて、完了。

「よし、終わった」

いまでは当たり前のように素材や種類によって洗い方と干し方を変えているが、一人暮らしを始めた頃はなにもかも一緒くたにして、結果的にシャツの色が褪《あ》せてしまったり、タオルに生乾きのにおいが残ってしまったりと、失敗ばかりしていた。

失敗しなくなったのは、『これでもう困らない。一人暮らし完全サポートブック』という実用書を作った際に、洗濯のプロから基礎を教わって以降だ。

柊自身が一人暮らしビギナーとして体験した困り事を解決する本が欲しいと、企画書を作成して上司に提出したところ、幸い会議を通り、ゴーサインが出た。編集者として初めて、企画立ち上げから携《たずさ》わった思い出の一冊だ。残業や徹夜も厭《いと》わず、無我夢中で編集作業に没頭《ぼっとう》したのを、昨日のことのように覚えている。毎年春には書店頭のフレッシュマン向けのコーナーに面出しで陳列《ちんれつ》してもらえるおかげで、コツコツと刷りを重ねて、息の長い本になった。

いまは文芸班に異動して実用書畑からは離れた柊だが、それでも書店に立ち寄れば必ず実用書コーナーに足を運び、自分が関わった本が棚差しか面陳《めんちん》か欠品かをチェックしてしまう（そこで本のカバーや帯がズレていたりすると、きれいに直して棚に戻すまでがお約束）。

本来希望していた部署ではなかったが、様々な業界のプロと組んでバラエティに富んだ実用書を作った経験が、視野が狭く不器用な自分の、人間としての幅を少なからず広げてくれたのだと、この頃は切《せつ》に思う。

（いまここに自分がいる奇跡も、そのおかげかもしれない）

自分より二サイズは大きい衣類がパタパタと風にはためく光景を幸せな気分で眺めていた柊は、バルコニーの柵《さく》に両腕を乗せてもたれかかった。

高台に建っているマンションの最上階なので、都内屈指《くっし》の人気エリアである閑静《かんせい》な住宅街が一望できる。都内の中心部にしては公園などの緑地が多く、道路や街並みもきちんと整備されていて目に心地よい。このマンション自体、敷地内に手入れの行き届いた中庭を擁《よう》しており、白いベンチと色とりどりの花壇、ベビーカーを押す若い女性の姿を眼下に臨むことができた。

中庭を囲むように植えられた庭木の新緑が、初夏の風にさわさわと揺れている。

つい七ヶ月前――昨年の秋まで、目の前に広がる贅沢《ぜいたく》な景色と自分には、別次元と言っていいほどに接点がなかった。

こうして五月のゴールデンウィークの休日に、恋人の自宅で、恋人の洗濯ものを干しているというシチュエーションが、まだどこか現実味がない。なんだか夢のなかにいるみたいで……。

無意識のうちに顔が締まりなく緩《ゆる》んでいる自分に気がつき、柊はあわててだらしのない口許《くちもと》を引き締め、こほんと咳払《せきばら》いをした。眼鏡のブリッジを中指でくいっと上げると、庭先の青々とした緑に視線を向けて、思考の切り替えを試《こころ》みる。

（たとえば――）

初夏を表す言葉一つを取っても、日本語には実に多様な言い回しがある。

四月のやさしい風は「風光る」と言い表されるし、五月のさわやかな風は「風薫《かお》る」および「風の香」。もう少し強い南から吹く風は「青嵐《せいらん》」または「風青し」などと表される。さらにはまだ瑞々《みずみず》しい新緑を揺らす「若葉風」もある。「青葉雨」は青葉を濡らして光らせる雨のことだ。雨上がりの濡れた若葉からにおい立つ新緑の香り――。

この国には季節や自然を表現する語句がなんと豊富なことか。

その美しくも趣《おもむき》深い日本語に携わる仕事に就《つ》けて、勤続八年目にして念願が叶い、文芸班に転属することができた。しかも長年大ファンで、欠かさず発売日に新刊を買い求めてきた作家の担当になるという幸運に恵まれた。

それだけでも身に余る僥倖《ぎょうこう》なのに、彼と初めて組んで上梓《じょうし》した本は発売前に重版決定というロケットスタートを決め、発売二ヶ月ですでに四十万部を突破。穂高充生《ほだかみつお》名義では硬派で売る彼が、大人のエロスを描いたという話題性も相まって、メディア各所で毎日のように取り沙汰《ざた》されており、まだまだ勢いは止まりそうにない。

それだけじゃない。

実に信じがたいことだが、彼と自分は現在、仕事においてだけでなく私生活でもパートナー関係にある。

つまり、恋人としてつきあっているのだ。

過去のトラウマから、恋愛や性愛を避けて生きてきた自分にとっては初めての恋。もちろん初めての両思いだ。

生まれて初めてできた恋人が、ずっと憧れていた大作家だなんて、小説のプロットとしてもベタすぎる。担当作家が提出してきたら即NGを出すところだ。

自分はこの七ヶ月で、一生分の運を使い果たしたんじゃないかと、時々思う。過去に星占いの本を作ったことがあるが、これはまさしく十二星座に順繰《じゅんぐ》りに回ってくる「十二年に一度の大幸運期」というやつではないか？

恋愛小説のヒロインがたまに「幸せすぎて怖い」などとつぶやくが、かつてはまったくぴんとこなかった。幸せなのになぜ怖いのだ、と。けれどいまならわかる。

こんなに幸せでいいんだろうか。いまの幸せを帳消しにするような、なにか大きな落とし穴が、この先に待ち構えているんじゃないだろうか。

もしかしたらこれは全部夢で、本当の自分は病院で生命維持《いじ》装置をつけられ、昏々《こんこん》と眠っているなんて、そんなオチ……。

「あー……まただ。またネガティブ思考になってる……」

初夏の連想から結局恋人のことを考え始め、ぐるぐるした挙げ句にネガティブ思考に行き着くという、毎度おなじみの展開に手すりをぎゅっと握り締めたときだった。

背後でガチャッとガラス戸を押し開ける音がする。振り返った柊は、長身でがっしりとした体格の男と目が合った。無精髭《ぶしょうひげ》が散らばる浅黒い肌。このところ散髪に行けていないせいでやや長めの髪。グレイ杢《もく》のセットアップのトップスは首が伸び気味だし、足は裸足《はだし》。それでも彼の精悍《せいかん》さはいささかも損《そこ》なわれていない。むしろその無頓着《むとんちゃく》なところが、野生的な魅力を引き立ててすらいて――。

「先生……」

穂高充生。未曾有《みぞう》の出版不況下において、出せばヒット間違いなしと言われる当代きってのヒットメーカー。ここ数年は作品が次々とメディア化され、それがまたヒットして原作本が売れるという好循環が止まらず、先の伸びしろを見込める三十九歳という若さも売りだ。

その上、イケメンという形容詞が力不足に感じられるワイルド系の男前で、かつ高身長というスペックを兼ね備えているのだから、これで独身であることが業界七不思議と言われるのも納得（といってもメディアに顔出しをしないので、読者は彼のルックスを知らないのだが）だ。各出版社が血眼《ちまなこ》でスケジュールを押さえようとしのぎを削《けず》るのも必然。

（そんなすごい人が自分の恋人だなんて……やっぱり信じられない）

当人を前にした柊が、この期《ご》に及んで自分の幸運を疑っていると、視線の先の太い眉がひそめられた。

「おまえがバルコニーに出たきり三十分も戻って来ないから、なにかあったんじゃないかと心配になって様子を見に来た」

渋い低音で指摘されて、いつの間にか三十分もバルコニーにいたことに気がつき、「すみません」と謝る。

「風が気持ちよくて、ついぼーっとしてしまって……」

柊の釈明に、穂高が安堵の表情を浮かべた。

「そうか……それならいい」

大きな手がすっと伸びてきたかと思うと、柊の左の頬に触れる。一見して無骨《ぶこつ》そうな手が、思いのほかやさしく肌を撫で上げてきた。手のひらから伝わる熱が心地よくて、固い手の皮にすりっと頬を擦《こす》りつける。

じわりと目を細めた穂高が、慈愛《じあい》を含んだ熱っぽい眼差しで見つめてきた。

こんなふうに言葉にせずとも想いを伝え合える日がくるなんて、初対面のときは考えられなかった。

昨年秋の初顔合わせの際、穂高に抱《いだ》いた第一印象は、横柄《おうへい》で強面《こわもて》な「クマ」。

その席で、デビュー作である官能小説を柊が読んでいないことを知った穂高に、「話にならない」と面罵《めんば》された。

自分の失敗から失望され、切り捨てられて、「二度と顔を出すな」とまで言われた。出禁《できん》にされてもどうしても諦めがつかず、一日二回の〝穂高詣《もう》で〟を続けた。

——どうか新作のために、まっさらなこの体を使ってやってください！

いま思い出すとどっと冷や汗が出る。よくもあんなことが言えたものだ。

土下座までして追い縋《すが》る自分を哀れに思ったのか、穂高がその提案を受け入れてくれて、マンションでの共同生活が始まった。

共に暮らした時間が、穂高に対する尊敬の念をいつしか恋情《れんじょう》に変えていったのだが、穂高のなかでも心情の変化があったようだ。

——おまえを、誰にも触らせたくない。

——……好きだ。

このシーンを何度脳内再生しただろう。動画再生回数でレコードを更新しそうな勢いだ。一度会社のデスクでうっかり思い出してしまい、正面の席の同僚に「おまえでもそんな顔するんだな」と驚かれてから、仕事中の思い出しを自《みずか》らに禁じているくらいだ。

ちなみに同居自体は三月末に解消して、柊は自分のアパートに戻っている。二人で作っていた本が完成したので、穂高のマンションに詰めている必要がなくなったためだ。

穂高は「このまま一緒に暮らそう」と言ってくれたが、柊は「少し考えさせてください」と回答を保留にしていた。

そんなふうに言ってもらえて天にも昇る心持ちだったけれど、穂高のマンションには他社の編集者も出入りする。これまでは「新作制作のため」という大義名分があったが（それだって普通は同居までしない）、タスク完了後、いつまでも自分が居座っているのは不自然だ。

他社の編集は当然おもしろくないだろうし、特別な一社と親密だという噂が立つのは、穂高のためにもよろしくない。

それともう一つ。これ以上、公私の境目があやふやになってしまうのも危険だ。

新作の大ヒットという結果を受けて、当然のことながら、会社は二冊目を期待している。柊自身、この先も穂高の担当編集者として一緒に本を作っていきたい。

だからこそ、そこに私情を介入させて、冷静なジャッジができなくなるのが怖かった。

恋愛上級者なら、そのあたりのスイッチをうまく切り替えられるのかもしれないが、恋愛初心者の自分は、物理的な距離を置かないと、きっと穂高との関係に溺《おぼ》れてしまう。いまだって、暇さえあれば穂高のことばかり考えてしまっているのだ。

柊が同居の提案に同意しなかったことに、穂高は少なからずショックを受けたようだ。理由を訊かれた柊が正直に答えると、はじめは「他人の目など気にする必要はない。それで離れていく出版社ならこっちからお断りだ」と言って納得しなかった。だが柊の不器用な性格をわかっているからか、最終的にはこちらの意向を受け入れて「待つ」と言ってくれた。

同居解消後は、メッセージアプリなどでまめに連絡を取り合いつつ、柊が会社帰りにここに寄ったり、たまに外で待ち合わせて外食をしたりといった逢瀬《おうせ》を重ねている。

とはいえ穂高は複数の連載を抱えて、常に締め切りに追われている身なので、基本はこのマンションで過ごすことが多い。今日みたいに、穂高が仕事をしているあいだに柊が家事をするパターンだ。穂高は「ハウスキーパーじゃないんだから、そんなことはしなくていい」と言うが、掃除や洗濯は苦ではないし、柊自身穂高の身辺のケアをすることに生きがいも感じている。恋人が快適に過ごせるように環境を整えることで、執筆の後方支援ができるのがうれしいのだ。

柊の頬をやさしく撫でていた穂高が、ふと顔を曇《くも》らせる。

「悪かったな。連休なのにどこにも出かけられなくて」

穂高は連休明けが締め切りの仕事を抱えていた。

「そんなこと、ぜんぜんお気になさらないでください。連休中はどこに行っても混んでいますから家で過ごすのが一番です。それにあの……こうして一緒にいられるだけで、私は充分に幸せですので」

気恥ずかしさを堪《こら》えて、小さな声で本心を告げると、穂高が目を見張る。虚《きょ》を衝《つ》かれたような表情がほどなくして、ゆっくりと蕩《とろ》けた。

「柊……」

名前を呼ぶ甘い声に、トクッと心臓が跳ねる。頬に触れていた手が滑《すべ》り落ち、顎《あご》にかかった。くいっと顎を持ち上げられるのと同時に、彫《ほ》りの深い男性的な貌《かお》が近づいてくる。

キスの予感に柊はゆるゆると目を閉じた。以前はどうすればいいのか戸惑うことが多かったが、さすがに回数をこなすにつれ、こういうときは目を閉じるものだと学んだ。穂高の吐息が唇に触れて、鼓動がいっそう早まる。唇と唇がいままさに重なり合おうとした刹那《せつな》。

ピロリン。

着信音が響き、二人同時に目を開く。視界に映る憮然とした面持《おもも》ちに焦った柊は、「す、すみません……私の携帯です」と断りを入れ、エプロンのポケットから携帯を取り出した。

ホーム画面に表示されているのは、二ヶ月前から担当し始めた新人作家の名前だった。龍生《りゅうせい》出版が運営している小説大賞の出身なのだが、現役《げんえき》の大学院生という若さもあってか、些細《ささい》な用件でやたらとメッセージを送ってくる。適切な距離感が摑めないことに悩み、文芸班のトップである部長に相談してみたが、「懐《なつ》かれてるなあ。まあ、いいことだ。うまく指導してやってくれ。若い分、大化《おおば》けする可能性があるからな」と流されてしまった。

九割方急用ではないと思ったが、残り一割の可能性も捨てきれずに、メッセージアプリを立ち上げて文面をチェックする。

案の定、【○○さんの新刊がおもしろかったです。読みました?】といった特に今日でなくてもいい案件だった。休日であろうがプライベートな時間であろうがお構いなしに送ってくるのは、おそらく自分を仕事相手というより、本好き仲間だと考えているからだろう。

「また、あいつか?」

頭上から渋い低音が降ってきて、携帯の画面から顔を上げた。以前も穂高と一緒にいるときに何度か彼からメッセージが届き、「誰からだ？」と訊かれたので、「いま担当している新人作家です」と答えたことがあった。個人的体感で「多い」と感じていたが、第三者である穂高にも「また」と思われるほどには頻繁《ひんぱん》だということだ。

（……一度ちゃんと話をするべきかもしれない）

そう勘案《かんあん》しつつ「はい、新人の」と答えた。

「急用じゃないならスルーでいいんじゃないか。今日はオフなんだからな」

「……ですが、既読スルーにするわけにもいかないので」

とりあえず今回は返事をして、次回顔を合わせたときに話をしよう。

担当編集として作品作りに助力《じょりょく》は惜しまないが、自分はきみの友達ではないと、はっきり告げよう。やはり公私混同はいけない。

【購入はしてありますがまだ読んでいません。なのでネタバレはご遠慮ください】

レスポンスをしてから携帯を仕舞《しま》い、「お待たせしました」と声をかける。しかし穂高は「もういい」と言うなり、背中を向けてしまった。直前の甘いムードから一転、その頑強《がんきょう》な背中には「不機嫌」と大きく書いてある。

（もしかして怒ってる？　待たせてしまったから？）

穂高はたかが数分待たされたくらいで腹を立てるような、そんな狭量《きょうりょう》な男ではないはずだ。

なぜ怒っているのかはわからなかったが、このままではいけないことだけはわかった柊は、とっさに穂高の腕を後ろから摑んだ。ガラス戸を開けて部屋に戻ろうとしていた男がぴたりと静止する。

「あ、あの」

反射的に呼び止めてしまってから、続く言葉を用意していなかったことに気がついた。

謝る？

でも、理由がわからないのに謝るのは変だ。

さっきのキスの続きはしないんですか？

なんて言えない。自分から催促《さいそく》するみたいな……そんなこと死んでも言えない！

腕を摑んだままグルグル考えていると、穂高が首を捻《ひね》って目の端で窺ってきた。

「……なんだ？」

ご機嫌斜めな表情で促《うなが》され、「あ、あのですね」と口ごもる柊の脳内に、ふっと〝訊きたかったこと〟が浮かんだ。

「今夜、なにかリクエストありますか？」

穂高がつと、太い眉を寄せた。

「なんでも言ってください。どんなリクエストでも大丈夫です」

穂高の片眉が上がる。

「なんでも？」

鸚鵡返《おうむがえ》しにされて、大きくうなずいた。主だった料理レシピは頭に入っているし、わからなかったらスマホで検索することだってできる。

「はい、できる限りご要望にお応《こた》えします」

きっぱり言い切る柊に、恋人がくるりと身を翻《ひるがえ》して向き合った——かと思うと身を屈《かが》めて耳許に口を寄せてきた。

「…………」

ひそっと囁かれたリクエストに、カッと首筋が熱くなるのを感じる。赤面する柊を見下ろした穂高が、なぜかドヤ顔で「どんなリクエストにも応えてくれるんだろう？」と言った。

「そ、それは……その……」

柊が「今夜」と言ったのは「今夜の夕食」のつもりだった。しかし「どんなリクエストでも大丈夫です」と大見得《おおみえ》を切って穂高をその気にさせてしまった以上、今更違うとは言えない。

「どうなんだ？　できるのか？」

追及の手を緩めない穂高に追い詰められた柊は「……や、やります」と消え入りそうな声で応じた。

「よし。それを楽しみに一仕事する」

すっかり機嫌を直した恋人が、ぽんと柊の肩を叩いて踵《きびす》を返す。ガラス戸をくぐり抜けて仕事場に戻っていく大きな背中を、まだ熱が引かない頬に手を当てて柊は見送った。


その夜の夕食後、柊は穂高の〝リクエスト〟に応えるために、彼の寝室にいた。

眼鏡以外はなにも身につけていない全裸で、ベッドに腰掛けている穂高の前までおずおずと歩み寄り、床に膝を突く。膝立ちになって、穂高のセットアップのボトムに手を伸ばし、太股《ふともも》の途中まで引っ張り下ろした。ボクサータイプの下着の上から、そっと膨《ふく》らみに触れる。布越しにも、充溢《じゅういつ》が放つ熱が感じ取れた。両手を使って布の上から愛撫を施《ほどこ》しているうちに、膨らみが徐々に硬化し始める。変化を感じ取った数十秒後には、もはや下着に収まり切らないほどに膨張《ぼうちょう》して、ゴムの部分から亀頭《きとう》が覗いていた。

それまでは黙って好きにさせていた穂高が、やや苦しそうに眉根を寄せ、「……ふっ」と息を漏らす。窮屈《きゅうくつ》そうな恋人を解放するために、柊は下着をボトムと同じ位置まで下げた。

とたん、跳ね馬の勢いで飛び出してきた穂高の雄《おす》は、自分のものとは比べものにならないボリューム感とソリッドなフォルムを持っている。

反《そ》り返った先端が濡れて光っているのを見て、じわっと体の芯が熱を持った。

(これを……口のなかに)

気後《きおく》れと興奮とが入り交じった複雑な感情を持て余し、ぎゅっと目を瞑《つむ》る。

（……いくぞ）

テクニックはないから、想像力だけが頼りだ。自分がされて気持ちいいと思えることを試してみるしかない。

ごくりと喉《のど》を鳴らしてから目を開き、柊は股間にゆっくりと顔を埋《うず》めた。すでに自立している欲望の根元に手を添え、舌先で亀頭に溜まった透明な蜜《みつ》を舐《な》め取ると、穂高がぴくりと身じろぐ。

口のなかに独特なえぐみが広がったが、怯《ひる》むことなく、さらに深く顔を沈めた。根元からじわじわと軸《じく》を舐め上げていき、血管の隆起《りゅうき》を舌で辿《たど》る。

舌先で亀頭を刺激し、裏筋を舐め、シャフトの薄皮を歯で扱《しご》く。

それらに対して、穂高はときに息を呑み、ときに身震いをする。恋人のリアクションから、彼が快感を覚えているのが伝わってきて、柊自身もゾクゾクした。

小さな達成感を覚えるのと同時に、さらなる欲が生まれる。

もっと気持ちよくさせたい。もっともっと感じてほしい。

その一心で、いまや完全に起立した性器を、先端からゆっくりと口腔《こうこう》に含んだ。とりあえず半分くらいまで咥《くわ》えてみたが、それだって充分な圧迫感だ。

嘔吐《えず》かないように馴染むまで待って、愛撫を再開する。亀頭を舐め回しながら、根元を指の輪っかで圧迫して扱いた。さらにはもう片方の手で、陰嚢《いんのう》をやわやわと揉《も》み込む。

たちまち口のなかの雄が膨張するのに、まだその余地があったのかと驚いた。鈴口《すずぐち》からとろっと粘《ねば》ついた液体が溢れ、ふたたび癖のある味が味蕾《みらい》を刺激する。

「……む、ん……」

口腔《こうこう》をいっぱいいっぱいに占拠《せんきょ》する欲望が苦しくて黒目が潤《うる》んだ。唇の端から零《こぼ》れた唾液《だえき》が、顎を伝って喉を濡らす。

「……なかなか上手いぞ……」

掠《かす》れた低音が耳に届き、上目遣いに窺うと、眉をひそめた穂高と目が合った。尖った喉仏《のどぼとけ》が大きく上下して、ごくりと唾《つば》を嚥下《えんげ》する音が響く。欲情に濡れたエロティックな表情に煽《あお》られた下腹がジンジンと痺《しび》れた。

じわりと目を細めた穂高が、大きな手を柊の頭に乗せてくる。髪のなかに指をくぐらせ、奉仕を労《ねぎら》うように指の腹で頭皮《とうひ》をやさしく擦った。

「ンっ……ふんっ」

穂高に励《はげ》まされた柊は、唇を窄《すぼ》めて圧をかけつつ、屹立《きつりつ》を出し入れする。張り出したエラで口腔内の性感帯を擦られて、甘く喉を鳴らした。下腹部が熱い。痛いくらいにズキズキ疼《うず》いている。

（……あ）

ついに先端からカウパーが滲《し》み出したのがわかって、じわっと顔を火照《ほて》らせた刹那、頭皮をマッサージしていた手に力がこもり、ぐいっと引き抜かれた。口から屹立がずるりと抜ける。

「危ねえ……イクところだった」

穂高がふーっとため息を吐いた。その股間には、唾液に塗《まみ》れてぬらぬらと光る屹立がそそり立っている。

自分が育て上げた猛々《たけだけ》しい雄を目《ま》の当たりにして、柊は息を呑んだ。

(……すごい)

口のなかが急激に渇《かわ》き、瞳が潤むのがわかる。

「おい……なんてエロい顔してんだ」

詰るようなつぶやきが聞こえた直後、乱暴に腕を引かれて、穂高の胸に倒れ込んだ。と思った次の瞬間には、くるりと体を入れ替えられていた。仰向《あおむ》けに組み敷かれた柊は、自分に覆《おお》い被《かぶ》さっている男を見上げた。

闇色の瞳の奥に、燃え滾《たぎ》る欲情の焔《ほのお》を認めて、柊の体も急激に体温を上げていく。熱を帯びた昏《くら》い眼差しで射貫《いぬ》いたまま、穂高が柊のペニスを握って扱き始めた。

「あっ……」

直接的な刺激に、喉の奥から声が漏れる。

(気持ち……いい)

恋人の巧みな手淫《しゅいん》に腰がうずうずと揺れ、先端から蜜がとろとろと溢れた。

その蜜を指ですくい取った穂高が、もう片方の手で、柊の足首を摑んで持ち上げる。抗う間もなくあらわになった後孔《こうこう》にカウパーを塗りつけ、ぬめりを利用して指を埋没《まいぼつ》させた。

ぬぷぬぷと指を出し入れされて、体のなかから前立腺《ぜんりつせん》を擦られる強烈な刺激に、柊は喉を反らして喘《あえ》いだ。

「あっん……あっ……あっ」

「ここか？」

狙いすました指使いで感じる場所を強く擦られ、ひくんっと背中がたわむ。すさまじい快感が脊髄《せきずい》を駆け上がり、堪えきれない嬌声《きょうせい》が迸《ほとばし》った。

「……アッ――っ」

体をくねらせて身悶《みもだ》えていると、穂高が耳許に唇を押しつけてくる。

「指をきゅうきゅう締めつけてすごいぞ。もう欲しいのか？」

興奮を押し殺したような掠れ声の問いかけに、柊はこくこくとうなずいた。

「……入れ……てください」

懇願《こんがん》に穂高が息を呑み、再度確認してくる。

「俺が欲しいのか？」

「ほ……欲しいです。せんせいが……欲しいです」

上擦《うわず》った声で柊は乞《こ》うた。羞恥《しゅうち》や理性はとうに吹き飛んでいる。

「お願い……して……お願い」

ゆらゆらと尻を揺らして譫言《うわごと》のように繰り返す。するとやにわに指を引き抜かれ、両脚を割り開かれた。間髪を容れずにあてがわれた凶器で、ずぶりと貫《つらぬ》かれる。

「ひっ……」

双眸《そうぼう》にぶわっと涙の膜が張り、悲鳴が喉から飛び出た。毛穴という毛穴がすべて開き、冷たい汗で全身が濡れる。

「ふっ……ふっ……ふっ」

浅い呼吸を繰り返し、体を前後左右に揺らして剛直《ごうちょく》を受け入れる。根元までなんとか受け入れて、ぱんっと肉と肉がぶつかり合う音が響いた瞬間、欲望が爆《は》ぜた。穂高のトップスに白濁《はくだく》が飛び散る。

「……あ……あ……」

絶頂の余韻に震えていると、穂高がひとりごちた。

「ところてんでイッたな」

「ところてん?」

ぼんやり繰り返す。

「挿入と同時にイッただろ?」

どうやらそういった状態を〝ところてん〟と呼ぶようだ。

穂高のものをしゃぶっただけで濡れて、挿入されただけでイクなんて……。

他愛ない自分を恥じて身悶える柊の額に、穂高が唇で触れた。

「責めているわけじゃない。どっちかっていうと褒《ほ》め言葉だ」

「褒め言葉？」

「それくらい俺たちの相性がいいってことだからな」

うれしそうな声を出され、穂高がいいならいいか、と思う。相性が悪いよりは断然いい。

それよりも、自分のなかの脈動が刻一刻と温度を上げていくほうが気になった。どうやら達したばかりの〝なか〟は、かなり敏感になっているらしく、脈動が発する熱に炙られて、またぞろペニスがゆるゆると勃《た》ち上がってくる。

「あっ……」

突然に穂高に乳首をきゅうっと引っ張られ、びくんと腰が浮き上がった。もう片方の乳首も摘まれて、両方をいっぺんにかわいがられる。

「あっ、アッ、ん」

揉み立てられた突起からピリピリと微弱な電流が走り、上を向いたペニスから透明な蜜が滲《にじ》んできた。とろっと溢れた白濁混じりの愛液が、シャフトを伝ってアンダーヘアを濡らす。

不意に穂高が柊の腰を抱え直した。それによって挿入の角度が変わる。

「……ッ……」

息を呑んだ直後、ずるっと引き抜かれ、返す刀で上から突き入れられた。

「ひ、あっ」

これまでは様子見をしていたのだと言わんばかりに、抑制を解き放った穂高が、強靱《きょうじん》な腰使いで責め立ててくる。張り出たカリで前立腺を擦られて、脳髄《のうずい》まで甘い痺れが駆け上がった。

濃厚な快感が全神経を支配していく。

「あふ、ん……ン、ふ」

一刺しごとに深く、重くなっていく抽挿《ちゅうそう》に、柊はすすり泣いた。激しい抜き差しに体が追いつかない。

「ア、ひ……アあ」

涙と汗で視界が歪《ゆが》んだ。官能が深すぎて頭がクラクラする。

(もう……イキたい)

体内で膨張して暴れ回る熱を放出したい。出したい！

それしか考えられなくなった柊は、涙声で懇願した。

「前を触って……触ってください！」

懇願に応えて、穂高が爆発寸前のペニスに触れる。二、三度擦り上げられただけで一気に射精感が高まる。だけどまだ足りない。

大人気連載♥
巻頭カラー
春田
「運命の番がお前だなんて」
「ラブネスト」
ミニドラマCD
ふろく♥
| CAST | 旭《あさひ》：川原慶久《かわはらよしひさ》×
匡人《まさと》：斉藤壮馬《さいとうそうま》
表紙もふろくCDも♥
南月ゆう
「ラブネスト 2nd」
+「ドラマCDアフレコレポートマンガ」
カラーつき大人気連載
影木栄貴×蔵王大志
「恋する絶滅遺伝子Ω」
オメガの先祖返りだと聞かされた岬《みさき》は……!?
カラーつき大人気連載♥
三池ろむこ×砂原糖子
「言ノ葉ノ花」
心の声が聞こえることを長谷部《はせべ》に知られたくない余村《よむら》だが!?
青丸夏々 / 青山十三 / 梅田みそ / 金井 桂 / 佐倉ひつじ×鳥谷しず / 志水ゆき
須坂紫那 / 瀬戸うみこ / たらふくハルコ / 夏目イサク / 並榎 雫 / 日ノ原 巡 / 松本 花
ドラマCDアフレコレポートマンガ&キャストインタビュー♪
「セラピーゲーム」日ノ原 巡
リレーエッセイ「モエパラ☆」水稀たま
Dear+ 2020 3
ディアプラス
恋愛至上主義★ボーイズラブマガジン!!
2.14 [Fri] ON SALE
毎月14日発売／CDつき特別定価・予価：本体790円＋税
表紙イラスト：南月ゆう
※予告は一部変更になることがあります。
希望者はもれなくもらえる♥全プレペーパー
※送料負担あり。
DEAR+ Paper Collection：金井 桂

少しずつ距離が近づいていく
二人の前に……!?
気連載♥
カ月連続発売
誠実なノンケ×恋に臆病なツンデレが出会う本物の恋。
ーゲーム①
初回特典 描き下ろしプチコミックス
CD／予価:本体3000円+税
4/10発売
セラピーゲーム②
初回特典 描き下ろしプチコミックス
CD／予価:本体3000円+税
CAST 湊:小野友樹、静真:新垣樽助、
翔平:下野 紘、三兎:平川大輔 ほか
※初回特典はなくなり次第終了します。
☆ご予約、ご購入は、新書館の通販（クラブメール）をご利用ください。また、全国のアニメイト各店、コミコミスタジオ、一部書店でも取り扱いがございます。
一般のCDショップでは取り扱っておりませんので、ご注意ください。
通販問い合わせ クラブメール／TEL:03-6454-9514 https://www.clubmail.jp
製作・発売／新書館
ディアプラス文庫2月の新刊 文庫判／予価:本体680円+税
2月10日頃発売
文庫判／予価:本体720円+税
俺様小説家×童貞編集者のラブ・レッスン♡
岩本《いわもと》 薫《かおる》
イラスト／ウノハナ
蜂蜜と眼鏡
執着と恋着《れんちゃく》がおりなす幼馴染み同士の絶愛♡
宮緒《みやお》 葵《あおい》
イラスト／立石《たていし》 涼《りょう》
鳥籠の扉は閉じた
新人教師×保健医のラブ・エロティクス♡
渡海奈穂
イラスト／佳門《かもん》サエコ
恋はまさかでやってくる

大人気
連載
再開!
らいす
カラーつき
★
最終回
王子の熱に
溶けるまで
猫野まりこ
奇数月30日発売
2020
3
paper Collection：堀江蟹子
シェリプラス
hérir+
NOW ON SALE
カシオ／楔ケリ／七瀬
麻々原絵里依(原作:J・L・ラングレー)
石原 理／小鬼36℃／うしの
さはら鉄／山田ノノノ／鳥間ル ほか
ショートコミック 氷室 雫／堀江蟹子
イラストリレーエッセイ 萌えモノ語り：彩月ユリィ
【特別定価】定価：本体690円＋税
SHINSHOKAN https://www.shinshokan.com/comic/
ディアプラス編集部Twitterアカウント @dear_plus_

ドラマティック＆♥な、ボーイス・ラヴ・ノヴェル!!
小説ディアプラス
Dear+
フユ
2020
WINTER
COVER ILLUSTRATION： みずかねりょう
定価：本体750円＋税
希望者はもれなくもらえる♥
書き下ろしフリーペーパー
第53回 一穂ミチ
独立新創刊記念号♥
大好評発売中!!
カラーつき
久我有加
×榊 空也
「ご当地アイドル×市役所職員の年下攻ラブ♥」
カラーつき♥前篇
木原音瀬
×カズアキ
「パラスティック・ソウル」新エピソード!!
巻頭カラー
一穂ミチ
×竹美家らら
「イエスかノーか半分か」番外篇「ふさいで」続篇登場!!
祝「イエスかノーか半分か」アニメ化決定!!!
小林典雅×佐倉ハイジ
川琴ゆい華×陵クミコ
彩東あやね×木下けい子
砂原糖子×夏乃あゆみ
モノクローム・ロマンス新作
C・S・パキャット×倉花千花
「叛獄の王子」番外篇
第12回ディアプラスBL小説大賞発表
コミック
麻生海
(原作：月村奎)
松本 花
林らいす
萌え映画♥エッセイ
大木えりか
×山田睦月
ちょっぴりオトナな電子書籍新レーベル Hakka+
ハッカプラス
毎月第1金曜日配信中!!
Hakka+編集部Twitterアカウント @hakkaplus
梅本ガチコ
奥田 枠
志水ゆき
長与エリ子
猫野まりこ
ミキライカ
春頃より連載開始!!
夏目イサク

ディアプラス・コミックス2月の新刊
大好評発売中
映画「ギヴン
B6判／定価：本体680円＋税
試し読みは
こちら！
梨園《りえん》の御曹司《おんぞうし》同士の恋絵巻、
ついに迎えた第５巻！
オンライン
くじ＆
LINEスタンプ
発売決定！
夏目《なつめ》イサク
花恋つらね⑤
B6判／定価：本体690円＋税
鱗《りん》の力が弱っていってるのは、
俺のせい──!?
試し読みは
こちら！
日ノ原《ひのはら》 巡《めぐる》
神様のウロコ②
B6判／定価：本体670円＋税
年下攻
メランコリック・
ロマンス♡
試し読みは
こちら！
雨隠《あまがくれ》ギド
僕の完璧な恋人
B6判／定価：本体670円＋税
祝言《しゅうげん》も初夜も真似事《まねごと》のはずが!?
和風プロミス・ラブ!!
試し読みは
こちら！
ユキムラ
なのかのむすび
待緒《まつお》イサミ
十二支色恋草子《えといろこいそうし》
蜜月の章③
最新巻！
リアル
サイン会
開催！
B6判／予価：本体670円＋税
元AV男優×
社畜リーマン、
器用なセックス
不器用な恋♥
akabeko《あかべこ》
春うらら好色男の宿《すきもの》
B6判／予価：本体690円＋税
SOSSO《そっそ》
金曜日の
コインランドリー
表紙＆
巻頭カラー

もっと、強く。壊れるくらいに激しく穿《うが》って欲しい。

柊の心の叫びをキャッチしたのか、穂高がラストスパートをかけてくる。ぱんっ、ぱんっと腰を叩きつけられ、背中が大きく反り返った。

「っ……イク——っ……」

絶え入るような声を発して最後の抑制を手放す。数秒の時間差で、穂高がどんっと爆ぜた。おびただしい量の精液を浴びせかけられ、仰け反った体がビクビクと痙攣《けいれん》する。

「あ……あ……」

結合部から白濁が滲《し》み出すのを感じながら、柊はぐったりとシーツに倒れ込んだ。エクスタシーの余韻に震える体に、穂高が覆い被さってくる。

柊の汗ばんだ額にくちづけ、髪を撫でてきた。後戯《こうぎ》のようなやさしい愛撫に、うっとりと目を細める。

やがて穂高が自らを引き抜き、柊の横にごろんと転がった。

「あの……リクエスト、どうでしたか?」

息が整ってから、気になっていたことを尋ねると、「よかった」と答えが返る。

「本当ですか?」

「おまえの勉強熱心でひたむきなところが出ていた。かなり予習しただろう?」

ズバリ言い当てられ、赤面しつつ認めた。

「はい。実はいつか来るであろう日に備え、インターネットに上がっている動画を観て……それとうちの会社で出しているＢＬ漫画を読みました」

「おまえがＢＬ漫画？　本当に真面目だな」

穂高が苦笑する。

「だが、努力ではどうにもならないこともある」

「……そうですね」

やはり、穂高を満足させられなかったようだ。一朝一夕に上達するものでもないとわかってはいたものの、それなりにダメージを受けていると、穂高が体を起こして柊の顔の両側に手を突く。

「感度ばかりは努力で補《おぎな》えない」

「……はい」

「その点、おまえはすばらしい感度の持ち主だ」

「えっ？」

予想外の評価に両目を見開いた。

「天性の素質に努力がプラスされるんだ。ゆくゆくは相当な床上手《とこじょうず》になる」

（もしかして……褒められている？）

「あとは実践で経験値を積むのみだ。というわけで、もう一戦いくぞ？」

そんなふうにけしかけられたら、受けて立たないわけにはいかない。目の前に課題をぶらさげられた柊は、眼鏡をカチッと指で押し上げ「望むところです」と応じた。

「柊くん、ちょっといい？」

ゴールデンウィーク明けの月曜日——午後三時。

会社のデスクでパソコンに向かっていた柊は、傍《かたわ》らから届いた声に、キーボードを打つ手を止めた。オフィスチェアを回した先に、同期入社の女性社員が立っている。同期といっても、女性誌を担当している彼女とは部署もフロアも違うので、ほとんど交流がなかった。女性誌でファッションページを担当しているだけあって、社内でもオシャレで目立つ存在だ。

以前、実用書チームの同僚が雑誌班のSNSアカウントをチェックしながら、「雑誌班の民《たみ》は俺らとは生きている世界線が違うよな。リア充、パリピ全開って感じ」と、羨《うらや》ましげに言っていたのを思い出す。

下の階からわざわざここまで上がって来たのだろうか。それともなにかのついでだろうかと考えつつ、「はい、なんでしょうか？」と応《こた》える。

「来週末に同期飲み会があるの。柊くん、一度も参加したことないじゃない？　誘ってみたらどうかって話になって」

参加したことがないもなにも、同期飲み会などというものが存在することすら知らなかった。しかし、それを指摘すれば嫌みに取られる可能性がある。そう思い、黙ってうなずいた。

「最近さ、同期のトークグループでも、柊くんの話題ちょいちょい出るんだよ。がんばってるよなーって、みんな言ってる」

そもそも同期のトークグループがあることも……以下略。

「私も同期として鼻が高いっていうかぁ」

「……お誘いありがとうございます。でも、そのあたりはちょうど繁忙期《はんぼうき》で参加は難しいです。すみません」

「そっかー。残念……」

フルメイクの顔が、露骨《ろこつ》にがっかりする。かすかに胸が痛んだが、参加したところで、同期連中が望んでいるような話題——例えばメディア露出が極端に少なく謎のベールに包まれた穂高充生の私生活について——は提供できない。

「同期のみんなによろしく伝えてください」

「うん、わかった。じゃあ、また誘うから。次はぜったいね！」

手を振る同期に、柊は軽く頭を下げ、ふたたびパソコンのディスプレイに向かった。

実は、飲み会に誘われたのはこれが初めてではない。三月以降、月に二、三回のペースで、いろいろな部署の同僚から誘いがかかっていたが、すべて「忙しい」を理由に断っていた。

酒はあまり強くないし、酒席《しゅせき》も得意ではない。苦手な飲み会に出席する暇があったら、その時間を穂高のサポートに当てたい。彼の執筆を陰ながら応援したい。恋人としての想いもあるが、穂高の作品は業界全体の希望だと思うからだ。

（まあ、断り続けていれば、そのうちに誘われなくなるだろう）

どうせ一過性のものだ。

これまでの柊は、エースやホープと呼ばれる編集者からはほど遠い、自他共に認める地味な存在だった。作っているものも華やかさとは無縁の実用書だったので、同じ会社に所属していても話をしたことがない社員が何人もいた。

ところがここ最近は、社内でちょくちょく声をかけられるようになった。

「例のアレ、読んだよ。すごくよかった」

「新刊、めちゃくちゃおもしろかったです。次も期待してます！　がんばってください」

「もしかしたら今年の賞レース、総舐めにするんじゃない？」

「きみが柊くんか。地元の書店にも山積みでね。思わず買ってしまったよ」

名前も知らない他部署の先輩社員が話しかけてきたり、さっきみたいに女性社員から飲み会に誘われたりと、過去八年間で一度もなかったことが次々と起きて面食らう。

やはり文芸作品のヒットというのは、出版社にとって、テンションが上がるものなのだと実感するばかりだ。出版不況で近年明るい話題が少なかったせいかもしれない。

「おまえ、なんか雰囲気変わったよな。やっぱヒット出すと違うんだなあ。なんかさ、いまのおまえにはそこはかとないオーラがあるよ。陰《いん》キャ卒業おめでとう」

先出の実用書チームの同僚にもそう言われた。彼なりに祝福してくれているのだとは思うが、自分ではまったくもってぴんとこない。

自分はどこもなにも変わっていないのに、ヒット作が出ると、他人の評価というものはこうまで変わるものなのだと改めて思い知った。

しかも、そのヒットは九十九パーセント穂高が実力で成し遂げたもので、仮に自分がかかわれた部分があったとしても一パーセントくらいだ。

しかし、周りはそう思わないらしい。文芸班に移ってすぐに結果を出したことで、上長《じょうちょう》には小説編集としての適性があると判断されたようだ。穂高以外の作家を十人ほど任され、一気に多忙になった。評価してもらえるのはうれしいが、飲み会の誘いを断る口実の「忙しい」も、あながち嘘ではない仕事量だ。

ピロリン。

メッセージ着信を知らせる音にタッチタイプの手を止め、デスクの上の携帯を手に取る。

【もう読みました？　話したくてウズウズしているんですけど】

例の新人作家からだった。ほかの作家の新刊を読んだり、メッセージを寄越したりする余裕があるのなら、一日も早く手許にある原稿の改稿を終わらせて欲しいのだが……。

彼にとっては初めての本になる大切な原稿なので、すでに改稿作業も三回目だ。デビュー一冊で消える作家は星の数ほどいる。それだけ新人作家にとって一冊目の本は重要。とことん納得がいくまで直すべきで、自分もいくらでもつきあう。

だが、それと公私混同は別だ。この件については、近いうちに打ち合わせの時間を作って話をしなければ……。

【まだです。それより改稿の進捗《しんちょく》はいかがですか】

返信はすぐ既読になったが、その後のレスは届かなかった。痛いところをつかれ、あわててパソコンに向かう姿が目に浮かぶ。

(そういえば)

彼を担当することが決まり、初めて顔を合わせた席で、「柊さんって穂高充生の担当でもあるんですよね？」と訊かれた。どうやら奮起《ふんき》を促《うなが》す意味合いで、部長が話したらしい。

「今回の新作、穂高充生の新境地って感じですごくよかったですよ。実は俺、穂高先生が龍生出版デビューって知って、ここの小説大賞に応募したんです。それが賞を取って、しかも先生と同じ担当さんがついてくれるなんて超ラッキーです。俺も柊さんにあやかりたいです。ヒット作の出し方、教えてください！」

前のめりかつ無邪気に教えを請われて顔が曇り、自分と組めばヒット作が出ると思い込んでいるかのような口ぶりに、つい「編集者は伴走者《ばんそうしゃ》でしかない。走るのはきみ自身なんだよ」と説教を垂《た》れてしまった。

実のところ、相談に乗ったり、調べ物をしたり、取材先に同行したりといったサポート業務は担《にな》えても、編集にできるのはそこまで。小説の中核となる題材《テーマ》を探し出し、物語の方向性を決めるのは作家自身だ。

テーマが決まってプロットが固まれば、数ヶ月――ヘタをしたら年単位の過酷な執筆マラソンが待っている。小説にショートカットも裏道もない。どんな大御所でも、一字一字マスを埋めていくしかないのだ。しかも、その地道な努力の結果がヒットに結びつく保証はない。筆力があれば売れるものでもないし、才気が走りすぎて時代が追いつかなかったなんてこともざらにある世界だ。

確かな約束はないが、一つ言えるのは、その作家にしか書けない独創性という武器を持たなければ成功しないということだ。人にあやかりたいなどと言っている時点でアウト。他力本願じゃ駄目だ。

（懐かれるのは悪いことではないが、頼りにされすぎてもよろしくない）

その点、穂高は一本筋の通った自分というものがしっかりあるので、意見も言いやすい。穂高自身が納得しなければ、アドバイスを取り入れないし、他人の意見に惑わされることもない。だからといって、ただ単に頑《かたく》ななわけではなく、その指摘が正しいと認めれば、潔《いさぎよ》く書き直してくれて……。

そこまでつらつら考えていて、はっとする。

(まただ)

いつの間にかタッチタイプの手が止まり、またしても穂高のことを考えていた。ゴールデンウィークがまさしく黄金の日々で、昨日までがあまりに幸せすぎたから、仕事モードにうまく切り替えられない。朝からデスクにへばりついていたが、効率は芳《かんば》しくなかった。

「……休憩入れるか」

ため息混じりにひとりごちて立ち上がる。

フロアを出て廊下を歩き始めた柊は、前方からやってくるグレイヘアの一団に足を止め、さっと端に体を寄せた。スーツ姿の一団は、社長と専務、営業部長の三名。社長は先日亡くなった会長の弟で、五年前から現職に就いている。

創始者であった会長は気さくな人で、柊も個人的に声をかけてもらっていたが、経理畑出身の現社長とは、まだ一度も話をしたことがなかった。

軽く目礼《もくれい》して、経営陣が通り過ぎるのを待っていたら、不意に社長が立ち止まる。

「柊くん」

名前を呼ばれ、びっくりして顔を上げた。お偉いさんが三人とも自分を見ていることに驚き、反射的に背中を伸ばす。直立不動の柊の前まで、社長がわざわざ歩み寄ってきた。

「穂高先生の本、売れているね。この前、業界の懇親会《こんしんかい》でも話題に上がってね。硬派で社会派のイメージが強かった穂高先生に官能小説を書かせるというアプローチは、さすが龍生さんだと、みんなに感心されてしまったよ」

業界を牛耳《ぎゅうじ》る大手出版を筆頭《ひっとう》にした、同業他社の称賛がよほどうれしかったのか、ははっと喉を反らして笑う。実際は〝書かせた〟わけではなく、穂高から言い出したことなのだが、ここで訂正してもせっかくのいい気分に水を差すだけだと思い、差し控えた。

「いままさに、営業部長に引き続きこの調子で売り伸ばして欲しいと話していたところなんだ」

「もちろんです。過去作も再注目されていますし、旧作、新作共にこれからさらにどんどん販促をかけていきます。まだまだこんなもので終わるポテンシャルじゃないですよ」

「そうだな。まだまだこれからだ。——それはさておき、柊くん」

顔を覗き込んできた社長に、ぽんと肩を叩かれる。

「第二弾も期待しているからね」

「あ……はい」

「頼んだよ」

(ついには社長にまで直々《じきじき》に言われてしまった)

上機嫌の経営陣が立ち去ったあと、廊下に一人佇《たたず》んだ柊は、これまで感じたことのない種類のプレッシャーにじくじくと痛む鳩尾《みぞおち》をさすった。

二

ゴールデンウィークが明けてから、柊《ひいらぎ》は日を追って尻上がりに忙しくなっていった。

多忙の理由は複合的だったが、第一に担当している作家のうち二名が八月刊行のラインナップに入っていたこと。しかもそのうちの一名は、デビュー二十周年を記念したフェアが開催されることが決まっていた。このフェアは各出版社横断《おうだん》企画で、かつ電子配信会社とも合同で進行する、かなり大がかりなものだ。さらには二十周年にぶつける形で、作家の過去作の映画化が進んでいた。

そういったイレギュラー案件と並行して、社内会議、部内ミーティング、作家との打ち合わせ、装丁《そうてい》デザイナーとの打ち合わせ、プロットの確認、ゲラ読みや入稿、下版《げはん》作業、印刷所とのやりとりなどの日常業務をこなさなければならない。最近はそこにWEB関連の仕事も加わってくる。

近年、ただでさえ刷り部数が少ない文芸誌を紙媒体《ばいたい》で存続させることは極めて難しく、昨年春から、龍生《りゅうせい》出版発行の文芸誌も電子に移行していた。電子雑誌での連載をまとめて紙の本に落とし込むスタイルだ。ＷＥＢは紙とは異なる動きをするので、電子担当者との擂《す》り合わせはわりと密に行わなければならない。一回一回は短時間でも、塵《ちり》も積もれば山となる。

一方の穂高《ほだか》だが、彼もまた柊に輪をかけて忙しかった。これは柊にも責任の一端があって、結局ゴールデンウィーク期間中、穂高の家に入り浸《びた》ってしまったことが徒《あだ》となった。

最初こそ柊のサポートが奏功《そうこう》して執筆ペースが上がっていたが、後半は、穂高の気分転換につきあって動画配信で海ドラを観たり、二人で映画を見に行ったり、買い物がてら一緒に出かけたりと、リフレッシュに比重が偏《かたよ》ってしまい――トータルの執筆時間が減ってしまった。

その結果、休み明けから地獄の進行に突入してしまったのだ。

新作の売れ行き好調に牽引《けんいん》される形で、何度目かのブームを迎えている穂高作品は、書店で大きく展開されることや、雑誌やテレビの情報番組で特集されることが増えている。他社もできればこの波に乗って自社作品を売りたいので、サイン会やコラボイベント、有名人との対談など、様々な企画を持ちかけてくる。先日はテレビ局から、ドキュメンタリー番組のオファーまであったようだ。

穂高はいつも通り「執筆に専念したい」という理由でオファーを退《しりぞ》け続けているが、そうはいってもさすがに全部は断り切れない。仕方なく引き受けた細かい仕事や、メディアミックス化に関連した監修作業などにかかる時間もばかにならない。あれやこれやが積み重なって生じた遅れを取り戻すために、この一週間は自宅に缶詰になっていた。

共にそういった状況にあったので、最後に顔を合わせたのが、かれこれ二週間前だ。短時間の逢瀬《おうせ》すらままならず、柊の穂高欠乏症《けつぼうしょう》はピークを迎えつつあった。

これだけ身を粉《こ》にして働いているのだから、一日の終わりに、せめて声を聞きたい。

自分にご褒美が欲しい気持ちに抗えず、アパートの部屋の前で携帯を取り出した柊は、ドアを開けながら穂高のナンバーをタップした。三和土《たたき》で靴を脱いでいるあいだにブツッと音がして通話が繋がる。

「もしもし、柊です」

『柊……家からか?』

「はい、いま戻ってきたところです」

『そうか。おまえも毎日遅いな』

終電で帰ってきたので、すでに一時近かった。

「すみません、こんな時間に」

『俺が規則正しいカタギじゃないのは、おまえが一番わかってるだろ?』

そんなふうにフォローしてくれる穂高の鷹揚《おうよう》さにほっとする。

「もう少し早くお電話したかったのですが……」

『まあ、おまえも俺専属だった頃とは事情が違うからな……』

つぶやく声に覇気《はき》がないように感じて、つい訊いてしまった。

「あの、どうですか、進捗《しんちょく》は？」

『なんとか連載原稿が一本上がりそうだ』

「本当ですか？　よかったです！」

思わず声が弾《はず》んだ。自社の原稿でなくても、穂高の肩の荷が少しでも減るのは朗報《ろうほう》だ。

『この調子で朝までやれば脱稿《だっこう》できる』

しかし続けて穂高が発した言葉で、一気にトーンダウンする。朝まで……。

昨夜の電話でも『朝まで追い込みだ』と言っていた。昨日もちゃんと寝ていないはずだ。

「ずっと座りっぱなしは体によくないですし、脳を休ませないと効率も落ちます。二十分でいいので横になって休んでください。ぜんぜん違いますから」

こんな当たり前のことしか言えない自分が不甲斐《ふがい》ない。本当はいますぐにでも穂高のもとに飛んで行きたい。けれど、それではまた執筆の邪魔になってしまう。ゴールデンウィークの反省もあり、もどかしい気持ちをぐっと押し込んだ。

同居していた頃は、毎日一緒にいるのが当たり前だった。

二十四時間、傍《かたわ》らに愛する人のぬくもりを感じられる日常。

それがどんなに贅沢《ぜいたく》なことだったのかを、手放してから思い知る……。

おのれの無力を痛感した柊は、携帯をぎゅっと握り締めた。

「なにか……なにか私にできることはありませんか」

『……そうだな』

考え込むような沈黙のあとで、穂高が重々しく告げる。

『写真を送ってくれ』

資料かなにかが急に必要になったのかと思い、柊は真剣な声音で確認した。

「なんの写真ですか？」

『決まってるだろ？　おまえの写真だよ』

意味がわからず、訝《いぶか》しげに「私の……？」とひとりごちてから、数秒のインターバルを置いて「ええーっ」と大きな声を出す。

「なぜ私の？　私の写真なんか送っても……」

困惑する柊に、穂高が『ばか』と言った。

『私の写真なんかじゃない。おまえの写真だから欲しいんだろうが』

「………っ」

時々、穂高の右ストレートが強烈すぎて、心臓が止まりかける。

『がつんとエロいやつ、寄越せ』

「エ、エロいやつですか？」

『俺が朝までハッスルできるようなやつだ』

「ハッスル……」

『俺の前で散々オナっておいて、今更恥ずかしいとか抜かすなよ？』

「オナ……」

穂高の前で、全裸オナニーを何度も披露《ひろう》した〝体験取材〟が蘇《よみがえ》り、カーッと全身が熱を孕《はら》む。

（でもあれは、仕事だと思っていたからできたことで）

そう申し開きをしようとして、その実まったく仕事モードではなかった寝室での自分を思い出し、喉許《のどもと》のエクスキューズをごくりと呑み込む。

「わ、わかりました……お送りします」

上擦《うわず》った声で応じると、穂高が『楽しみに待ってるぞ』と機嫌のいい声で言った。

「ではのちほど……」

通話を切って、狭い部屋のなかを行ったり来たりする。

（がつんとエロいやつってどんなだ？）

想像してみたが、なにも浮かばなかった。思春期を迎える前にセックス恐怖症になったせいで、過去一度も男女のAVというものを観たことがない。エロ本も、雑誌の袋とじも見ないまま三十歳童貞になってしまった。

穂高と恋人関係になって人並みの性欲が戻ってきてからも、毎晩のように抱き合い、同居解消後も定期的に体を重ねてきたおかげで、積極的にエロ動画を漁《あさ》るような機会は訪れなかった。

そういえば、フェラチオの研究のために男性同士の動画を観たが、それが最初で最後だ。

脱いだところで、たわわな乳房もなく、くびれた腰も、ボリューミーな尻もない。かといって、筋肉美も持ち合わせていない。ついでに若くもない。なまっちろくて貧弱なアラサーの自分に、穂高を奮起《ふんき》させられるようなセクシー画像が撮れるのか？

自分のアピールポイントがわからずに立ち尽くしていると、手許《てもと》の携帯がピロリンと鳴る。

穂高からのメッセージだった。

【希望シチュ。全裸よりは半裸。チラリズム。乳首見せ。俺のことを考えながらオナってるエロ顔】

さすがは元官能作家。柊は携帯画面におでこをくっつけて拝《おが》んだ。

「……具体的なヒント、ありがとうございます」

こんな自分の半裸自撮《じど》り写真に意味があるのかわからないが（どう考えても物好きな恋人以外に需要はないが）、穂高が欲しいと言うならば、ここは一肌脱ぐしかない。

腹を据《す》えてジャケットを脱ぎ、ネクタイを緩《ゆる》め、シャツのボタンを外した。さらにスーツのボトムのベルトを外し、ファスナーを下ろして下着をずらす。

その格好でベッドに仰向《あおむ》けに横たわり、携帯を側《そば》に置いた。眼鏡も外して準備万端《ばんたん》。まだくったりとしているペニスを握って扱《しご》き始めた。いつも恋人が自分を愛撫する手の動きをなぞっているつもりだったが、いっこうに固くならない。

違う。穂高の愛撫はこんなに機械的じゃなくて、もっと強弱があるし、意外性もある。なにより手が大きくて、熱くて、握られているだけで、ジンと疼《うず》いてきて……。

ふと、〝俺のことを考えながら〟というリクエストを思い出し、目を閉じた。眼裏《まなうら》に穂高の顔が浮かぶ。するとそれだけで、ペニスがぴくんっと震えた。

自分を「柊」と呼ぶ、深みのある低い声。大きくて固い体。覆《おお》い被《かぶ》さってくるずっしりとした肉体の重み。汗ばんだ肌。欲情のにおい。彼が自分のなかに入ってくるときの、圧倒的な質量と熱。情熱的な揺さぶり。それによってもたらされる快感――。

思い浮かべるにつれて、下腹が熱を孕み、手のなかの性器がぐんぐん固くなっていく。呼吸も荒くなり、胸が上下した。なんとなく触れた乳首は、いつの間にかツンと尖《とが》っている。無意識に、勃《た》った乳首をきゅっと引っ張って、「あうっ」と仰《の》け反《ぞ》る。

気がつくと、先端から溢れ出たカウパーで手が濡れていた。クチュ、ヌチュッという粘《ねば》ついた水音にも煽《あお》られて、じわじわと角度がついていく。溢れた先走りが軸《じく》を伝って下生《したば》えを濡らした。

「あ……ふっ……」

ぬるぬるして気持ちいい。以前だったら、これで充分だった。でも、いまは足りないと思ってしまう。足りない……穂高が足りない。

「先生……せんせっ……」

思わず名前を呼んでしまった刹那《せつな》、本来の目的を思い出した。

手を伸ばして携帯を掴み、カメラアプリを立ち上げてシャッターボタンを押す。カシャッ。カシャッ。

上半身を起こして、撮った画像を確認した。

上気した頬。潤《うる》んだ目。物欲しげに開いた唇。シャツの開きから覗く乳首は尖り、完勃《かんだ》ちしたペニスの先端は濡れて光っている。

一応、リクエストの条件は満たしているような気がした。死ぬほど恥ずかしかったが、えいっと思い切って穂高に送る。果たして合格をもらえるか否か、ドキドキしながら待っていると、ピロリンと着信音が鳴った。飛びつくようにして穂高からのメッセージを開く。

【さすが俺の担当かつ恋人】

【性癖にずぶりと刺さった】

【これで朝までがんばれる】

「よかった……」

（少しは役に立てた？）

ほっと脱力していると、またピロリンと携帯が鳴る。

【やっぱりこれだけじゃ足りん。上半身裸で女豹《めひょう》のポーズとエロ顔のアップ（アングル変えて数種類）も寄越せ】

欲張りな恋人のリクエストに、ふふっと笑いかけた柊は、次の瞬間、真顔になった。

（女豹のポーズ……とは？）

初めて遭遇したワードに持ち前の知識欲を刺激され、携帯の検索サーチ欄《らん》に「女豹のポーズ」と打ち込む。現れた画像の女性たち――セクシーな下着姿が多い――は、アングルは異なれども、みな共通するポーズを取っていた。両手、両膝を床につけ、前屈《まえかが》みになりつつ背中を反らして、顔を上げた扇情的《せんじょうてき》なポーズ。

「なるほどこれが女豹……」

しかし、このポーズを取りながら自撮りするとなると、なかなかの困難を伴《ともな》う。

だが、これで穂高の原稿が捗《はかど》るならば、チャレンジあるのみ。

キリッとした表情でネクタイを解《ほど》き、シャツを脱いだ柊は、携帯の画面を横目に、自分なりの「女豹のポーズ」を探求し始めた。


翌日の昼過ぎ、一時から予定していた作家との打ち合わせがキャンセルになった。午後は三時半まで部内ミーティングも入っていない。急ぎで戻さなければならない出校物もない。めずらしく三時間ほどぽっかり体が空いた柊は、つい先程刷り上がってきたばかりの増刷《ぞうさつ》見本を手に席を立った。

ホワイトボードの自分の欄に【穂高先生ご自宅↓三時帰社予定】と書き込む。

会社から穂高のマンションまで片道五十分。往復で一時間四十分。増刷見本は急がないので郵送でもよかったし、手持ちで行って穂高に会えたとしても、一時間に満たない時間だ。

それでも、たとえ一瞬だとしても、顔が見たかった。

昨夜あれから試行錯誤《しこうさくご》の末になんとか「自分なりの女豹のポーズ」を完成させてセルフィーし、エロ顔のアップのアングル変え数種類と共に送信したあと（穂高からは【最高オブ最高】というお褒《ほ》めの言葉をいただいた）、中途半端に高ぶった体の熱が引かずに、穂高をオカズにオナニーをしてしまった。

自慰をしたことで、却って飢餓感《きがかん》がマックスまで高まってしまい、会いたい気持ちが募《つの》りに募っていたところに降って湧いたこのチャンス。

（逃《のが》す手はない）

浮き立つ足取りで会社を出て、地下鉄を乗り継ぎ、最寄り駅に降り立った。駅から穂高のマンションまでは、徒歩十分の道のりだ。最後の坂道を上りながら、かつて〝穂高詣《もう》で〟のために、雨の日も風の日もこの道を毎日二往復したことを懐《なつ》かしく思い出す。あの頃はとにかく必死だった。あんなふうに、なりふり構わずがむしゃらに体当たりしたのは、人生初だった。それだけ、穂高と仕事がしたかったのだ。

煉瓦色《れんがいろ》の落ち着いた風合いの低層《ていそう》マンションに着き、ガラス張りのエントランスの前で、オートロック操作盤をキーでタッチする。同居開始時に穂高から渡されたスペアキーだ。同居解消後も、「勝手に出入りして構わない」と言われ、引き続き預からせてもらっていた。

会社を出る前、穂高に「これから伺います」とメッセージを入れるべきか否かを迷ったが、仕事の手を止めさせてしまう懸念《けねん》から、結局入れずに来てしまった。原稿が佳境《かきょう》であった場合、メッセージのやりとりで集中力が途切れてしまう危険性があるからだ。

仮に外出中や仮眠中で、穂高本人に会えなかったとしても、部屋の様子をチェックできるだけでいい。この修羅場《しゅらば》中、かなり部屋が荒れているんじゃないかと、それもずっと気になっていた。穂高はもともと家事全般が得意でないところに持ってきて、締め切りが近づくと原稿以外のことには一切気が回らなくなる。

(三十分もあれば、あらかた片付けられるだろう)

そんな算段をしつつエレベーターで五階まで上がり、回廊《かいろう》のような外廊下を歩いて穂高の部屋に到着した柊は、ふたたびスペアキーを取り出した。インターフォンを押さなかったのは、仕事中および仮眠中である可能性を考えてのことだ。

そっとドアを開けて玄関のなかに入ると、見慣れない革靴が三和土に並んでいた。

(来客中……？)

「……お邪魔します」

小さな声で囁いて室内に足を上げる。廊下の左右にドアが並んでいるが、そのうちの一つが穂高の書斎兼仕事部屋で、もう一つは柊がここで暮らしていたときに使用していたゲストルームだ。仕事部屋の前で足を止めて耳を澄ました。ドアの向こうから微《かす》かな物音が聞こえる。

（いる！）

いますぐドアを開けて顔を見たい衝動をなんとか抑えつけ、足音を忍ばせて廊下を進んだ。リビングとの境目にある内扉を開く。二十五畳《じょう》はあろうかというリビングとダイニングとキッチンを兼ね備えた主室は、予想どおりそこそこ荒れていた。

（このレベルならばどうにかなりそうだ。洗濯までいけたらいいが……）

頭のなかで片付けの段取りを組み立てていた柊は、一角に設《しつら》えられているソファセットから誰かが立ち上がったのに驚き、びくっと肩を揺らす。

天井までの書架《しょか》をバックに、こちらを怪訝《けげん》そうに見つめているスーツの男性。年齢は自分と同じくらいか、少し下。おそらく編集者。同業者は醸《かも》し出《だ》す雰囲気でわかる。

同居していたときに、穂高の各社担当の何人かとは面識を得ていたが、彼は初めて見る顔だった。

目鼻立ちがはっきりしていて眉毛が濃く、顔面圧の強いタイプだ。

遠慮の無い視線で、柊の全身をじろじろと眺め回した男が、尖った声で誰何《すいか》してくる。

「あなた、誰ですか？」

「……龍生出版の柊と申します」

「ああ……龍生出版さん。秀興館《しゅうこうかん》の鳥居《とりい》です」

やはり同業者だった。秀興館といえば、業界最大手だ。柊はソファセットに歩み寄り、男と名刺交換をした。近くで向かい合ってみれば、男は思いのほかに小柄で、柊より数センチ目線が低い。

「校正待ちですか？」

「そう。連載原稿のゲラを持参して、いま赤字を入れてもらっているところです」

事情を説明した男——鳥居が、ふたたび柊の顔をじっと見つめてくる。

「柊さん……お噂はかねがね伺っていますよ」

含みのある物言いをされ、ぴくっとこめかみが引き攣《つ》った。——噂？

「いまインターフォンを鳴らさずに入って来ましたけど、ここの鍵を持っているんですか？」

やおら斬り込まれてドキッと心臓が跳ねる。内心の動揺を覚《さと》られないように無表情の仮面を装着して、眼鏡のフレームを中指ですっと押し上げた。

「本を作り上げるためにこちらに詰めていたときに預かったスペアキーをまだお返ししていなくて……。今日は増刷見本をお持ちしたのですが、お仕事の邪魔になってはいけないと思い、スペアキーを使わせていただきました」

鳥居が「ふーん……」とおもしろくなさそうな声を漏らす。

「まあ、いいけど。龍生さんには一度お会いしてお訊きしたいと思っていたんですよ。失礼ですが、一体どうやってあのスケジュールをねじ込んだんですか？　順番でいったらうちの番だったんですけど」

喧嘩腰の男に煽られないよう、努《つと》めて冷静に「うちの番というのは？」と確認する。

「とぼけないでください。穂高先生くらいの作家になれば、各社の輪番制《りんばんせい》なのは常識でしょう。昨年の秋以降は、順番的にうちの番だったんです。連載の原稿も溜まっていたし、そろそろまとめましょうかという話にもなっていた。ところが先生が急に『次は龍生で書く』と言い出した。しかも書き下ろし新作。本当に驚きましたよ」

当時の衝撃と怒りが蘇ったかのように顔を赤らめた男が、苦々しげに吐き捨てた。

（そうだったのか）

執筆が決まった時点では、柊は担当ではなかったし、部署も違ったので、そのあたりの経緯《けいい》は耳に入ってきていなかった。

確かに秀興館からしてみれば、寝耳に水だっただろう。しかし穂高には、その時期に龍生で書かなければならない理由があった。

初代担当で、初めて自分を認め、作家になる後押しをしてくれた龍生出版の会長が死の床《とこ》にある。そのことを知った穂高は、まだ彼の意識があるうちに龍生出版から新作を上梓《じょうし》し、恩人への手向《たむ》けにしたいと考えた。

会長は先月の頭に亡くなったが、なんとか間に合って、二人で病床《びょうしょう》に新作を届けることができた。為書きとサインを入れた初版本を、会長はとても喜んで受け取ってくださり、穂高もうれしそうだった。もちろん柊もうれしかった。もはや会長には長時間の会話を交わす体力は残っていなかったが、くどくどと経緯を説明する必要はなかったように思う。自分のために穂高が新作を書き下ろした――それがどういう意味を持つのか、編集者だった会長には伝わったはずだ。

三人で過ごした時間は大切な思い出で、それをいまここで口にして、業界の噂話の一つとして消費されたくない。

そう思って黙っていると、「どんな手を使ったんですか？」と重ねて訊かれた。

「え？」

「一緒に暮らしたり、鍵を預かったりするまで深く穂高先生の懐《ふところ》に入り込むのって普通じゃないでしょ？　先生は取り扱いが難しくて、見え透いたおべっかとか通用しないし……もしかして女の子を使った枕《まくら》系の接待？」

納得いかない様子で首を捻《ひね》っていた鳥居が、とんでもないことを言い出す。

「そんなことしていません！」

強い口調できっぱり言い切ってから、ふっと疑念が胸を過《よ》ぎった。

自分は穂高と寝ている。それって……広い意味では枕営業と呼べなくもないのではないか？

いやいやいや。それと仕事は別で、お互いきちんと公私《こうし》の一線を引いている。

でも……引き続き二冊目を出してもらいたいという気持ちは確かにあって、そうなると下心がないとは言い切れないんじゃないのか？

自問自答しているうちに、腋下《えきか》にじわっと汗が滲《にじ》むのを感じた。鼓動が不規則に乱れ打つ。

「とにかくね、穂高充生《みつお》は出版業界全体の共有資産なんだ。独占禁止物件。わかる？」

男が威嚇《いかく》するように顔を近づけてきた。

「目下《もっか》のお気に入りだかなんだか知らないけどいい気になるなよ。弱小が……っ」

低い声で凄《すご》まれたとき、ガチャッと内扉が開く。とたんに、鳥居がばっと上半身を退《ひ》いた。

赤字入りのゲラを手にした穂高が、自分の担当編集者二名が並び立っているのを見て、瞠目《どうもく》する。

「……柊？　来ていたのか」

「先生！　お疲れ様です！」

穂高のつぶやきにテンションの高い声を被せた鳥居が、さっきまでとは別人のような笑みを濃い顔に浮かべた。

「先生、急ぎで校正していただいてありがとうございました。またご連絡いたします。では、失礼します。——柊さん、よかったら今度メシでも」

「あ、はい……お疲れ様でした」

わざとらしい社交辞令に、当たり障《さわ》りのない返答をして会釈《えしゃく》をする。茶封筒とブリーフケースを抱えた鳥居が内扉の向こうに消え、ほどなくして玄関のドアが閉まる音が聞こえた。柊は心のなかで、ふーっとため息を零《こぼ》す。

(いろいろな意味で濃い人だった)

けれど、彼の立場になって考えれば、やっと自分の順番だと思っていたところに横入りされたわけだから、恨み言の一つや二つ、投げつけたい心境になるのもわからなくはない。柊にとってはとばっちりであったとしても。

「——柊」

傍らから名前を呼ばれて、はっと我に返った。横目で窺うと、穂高の黒い瞳がこちらを見ている。

「いつの間にあいつとメシを食いに行くような仲になったんだ?」

「なっていません。社交辞令だと思います。むしろ嫌われているかと……」

「嫌われている?　なんでだ」

「………」

理由を説明したら、告げ口になってしまうし、穂高も自《みずか》らを責めてしまうかもしれない。

答えられない柊を、しばらく腑《ふ》に落ちない顔つきで眺めていた穂高が、「まあ、いい」と言って表情を和《やわ》らげた。柊の手を取り、自分のほうを向かせる。

「そんなことより、会うのはひさしぶりだな」

「……はい」

電話で声は聞いていたが、顔を見るのは二週間ぶりだ。ひさしぶりのナマ穂高は、黒のセットアップに裸足《はだし》というう安定のルーズ感、顎《あご》全体に散った無精髭《ぶしょうひげ》、さらに伸びた髪が野性味を引き立てており、相変わらずの男ぶりだった。

（やっと……会えた）

疲労が陰になって落ち、彫《ほ》りの深さがより際立つ目の前の貌《かお》をじっと見つめていたら、出し抜けに腕を引かれて抱き寄せられる。

ぎゅっと強く抱き締めながら、「……会いたかった」と囁かれた。

「………っ」

自分だって会いたかった。

会える確約もないのに、欲求に抗《あらが》えず、こうして会いに来てしまうほどに。

けれど、その想いを口にするのは憚《はばか》られた。

恋人の体温を感じて歓喜に震える体とは裏腹に、先程思い浮かべた疑念が頭から離れなかったからだ。

――一緒に暮らしたり、鍵を預かったりするまで深く穂高先生の懐に入り込むのって普通じゃないでしょ？

暗に責めるニュアンスを含んだ鳥居の言葉がリフレインする。

確かに自分たちの関係は〝普通〟じゃない。一般的な作家と編集者の関係を逸脱《いつだつ》している。

（こうやって抱き合うのも、色仕掛けになるのか？）

（そんなことはない。断じて下心なんてない！）

（でもいまはまだ就業《しゅうぎょう》時間中だ……）

（もし鳥居が戻ってきて、この姿を見られたら言い訳ができるか？）

――できない。

答えが降ってきた刹那、柊は反射的に身をよじっていた。その行動が予想外だったのか、不意を突かれたように力を緩めた穂高の腕から、するっと逃れる。

「柊？　どうした」

穂高が戸惑い半分、苛立ち半分の声を出した。

「すみません。就業時間中ですので……」

目を合わせずに弁解をして、足許のブリーフケースから茶封筒を取り出す。

「本日はこちらをお届けに参りました。増刷見本です」

「……ああ」

穂高は受け取ってくれたが、封筒の中身よりも柊の様子が気にかかって仕方ないらしく、「顔色が悪いぞ」と言った。

「大丈夫か？　ずいぶん忙しいようだからな」

顔を伏せ気味にしていても、案じるような穂高の視線を感じる。

「私は大丈夫です。先生こそ二日続けて寝ていらっしゃらなくて……。お食事は取っていらっしゃいますか？」

「やけに他人行儀だな」

鋭い指摘に、柊はぴくっと身を震わせた。

「顔を上げろ」

強い口調で命じられて、のろのろと顔を上げる。眉間にくっきりと皺《しわ》を寄せた穂高と目が合った。どうも様子がおかしいと疑っている目つきだ。

必死に取り繕《つくろ》ったが、強い眼差しで、心のシャッターをこじ開けられそうになる。昔は表情筋がゴリゴリに固くてポーカーフェイスが標準装備だったが、最近はともすれば感情失禁《しっきん》しがちなので、感情の蛇口《じゃぐち》をぎゅっと締めた。

「………………」

無言の攻防が一分ほど続き、無意識に止めていた息が苦しくなってきた頃、おもむろに穂高が口を開く。

「いま決めた。今後二人でいるときは先生呼びは禁止だ」

「えっ……」

突然新ルールを制定されて、狼狽《うろた》えた声が出た。先生呼びを禁じられたら、なんと呼べばいいのか。その解は、ほどなく穂高の口から呈された。

「名前で呼べ」

(名前……?)

これからはよりいっそう公私のけじめをしっかりつけなければと決意を新たにした矢先に、まったく逆のことを求められて動揺する。

「ほ、……穂高さん?」

裏返った声でなんとか呼んだが、無慈悲にも「違う」と駄目出しされた。

「名字じゃない。下の名前だ」

(下の名前!?)

頭が真っ白になる。それはいきなりハードルが高すぎる。

半《なか》ばパニックになって口をパクパクと開閉させる柊に、穂高は容赦《ようしゃ》なく迫《せま》ってきた。

「呼んでみろ」

「い、いまですか?」

「そうだ。いま、ここでだ」

「む、無理です！」

ギブアップするのと、柊の携帯が鳴ったのは、ほぼ同時だった。

ブー、ブー、ブー……。

電話着信を告げるバイブ音を耳にフリーズしていると、穂高に「出ろよ」と興醒めしたような声で促《うなが》される。あわててスーツのポケットから携帯を取り出した、そのタイミングでバイブ音が途切れた。ホーム画面に表示されているのは、例の新人作家の名前だ。

彼はメッセージこそ頻繁に寄越すが、電話をしてくることはまずない。いまどきの若者は電話をかけることにも、受けることにも拒否反応があるのだと知ったのは、彼の担当を任され、話をするようになってからだ。

——勝手にかけてきて、他人の時間を一方的に奪うのって一種の搾取《さくしゅ》ですよね？

口を尖らせて〝電話をかけるという昭和な風習〟を批判していた彼自身が電話をかけてくるのは、よほどのことだ。

「誰だ？」

穂高の問いかけには答えず、「すみません」と頭を下げる。

「三時半から社内でミーティングがあるので、本日はここで失礼します」

ブリーフケースを摑むやいなや内扉に突進すると、「おい、柊！」と呼ばれた。

「待て！」

制止の声を振り切って、玄関まで一気に走る。靴を突っかけ、逃げるように部屋から出た。そのままダッシュして外廊下を駆け抜け、エレベーターホールに辿り着く。ホールボタンを押してから前屈みになって、はあはあと肩で息をした。

「……無理だ」

ぽつりとホールの床に声を零す。

穂高にはまだ、二冊目の話はしていない。

だけど、社内の期待はひしひしと感じていたし、心のどこかでその期待に応えたいと思う自分がいた。一冊目で結果を出してからの数ヶ月、次の本をまったく意識していなかったと言えば嘘になる。編集者としての欲がなかったとは言い切れない。

そんな自分が、公私混同していなかったなどと、胸を張って言えるのか。

「やっぱり……無理なんだ」

初めての恋愛と仕事を両立させるような高度なスキルは、自分にはない。圧倒的に経験値が足りないし、そもそもそんな器用な人間じゃない。

(このままどちらも駄目にしてしまうくらいなら、いっそ……)

床を見つめて思い詰めていたら、後ろから肩をむんずと摑まれた。

「………っ」

飛び上がるようにして振り返った背後に、怖い顔つきの穂高が立っている。

「なぜ逃げた？」

「穂高せん……」

「理由を話せ！」

肩をガクガクと揺さぶられた柊は「わ、私は……っ」と声を出した。

「先生の担当を下りたほうがいいんじゃないでしょうか」

「ああ？　なにを急に」

穂高の顔がますます剣呑《けんのん》さを増す。

「新作は売れているだけでなく評価も高くて、主《おも》だった文学賞を狙えると言われています。それを思えば、いまは大切なときです。おかしな噂が立つのはよろしくありません」

「……誰かになにか言われたのか？」

「そういうわけではありませんが、その、もし万が一、私たちの関係がメディアに取り沙汰《ざた》されるようなことがあったら、先生の評判にも傷がつきますし……」

穂高がちっと舌打ちをした。険《けわ》しい表情で「逃げるのか」とつぶやく。

「え？」

「またそうやって逃げるのか、と訊いているんだ」

据わった半眼《はんがん》で睨《ね》めつけられた。

「正直、俺は賞なんかどうでもいい。あの本は会長のために書いた。彼に手渡すことができた時点で、俺の目的は達成している」

「先生……」

「俺はおまえとこれから先も一緒に本を作っていきたいと思っていた。だが、おまえのほうにそのつもりがないんじゃ仕方がないな……」

言葉を紡ぐ声からだんだんと抑揚が失われていき、次第に顔も固い表情に覆われて、感情が見えなくなっていく。唐突に肩から手を離した穂高が、くるりと踵《きびす》を返した。ボトムのポケットに両手を突っ込んで、来た道を引き返し始める。

「せ……先生っ」

柊の呼びかけに振り返ることなく、穂高が投げやりな声音で告げた。

「俺はどっちでもいい。担当の件はおまえが決めろ」


——またそうやって逃げるのか。

エレベーターホールに一人取り残されて、呆然と立ち尽くす。

（また……）

そうだ。自分は穂高に会って変わりたいと思った。

性愛や恋愛から、人とのかかわりから逃げ続ける自分を変えたいと思った。

自分の弱さ、臆病《おくびょう》さ、逃げ癖と手を切りたい。傷つくことを恐れない勇気が欲しい。

穂高と歩んでいくために――。

そう心から思って、無味乾燥なひとりぼっち人生に別れを告げ、二人で歩む道を踏み出した
――はずだった。

(それなのにまた……自分にはできない、無理なんだと、やる前から諦めて……)

ぎゅっと拳《こぶし》を握り締める。

――俺はどっちでもいい。担当の件はおまえが決めろ。

見限ったような物言いと、自分を拒絶する大きな背中を思い出すと、胃と胸が錐《きり》で抉《えぐ》られるがごとくキリキリと痛んだ。

(見捨てられた。嫌われた……)

当たり前だ。とにかく謝ろう。いまから部屋に戻って、許してもらえるまで謝って、とにかく謝り倒して……。

ブー、ブー、ブー……。

どこかで鳴り始めたバイブ音に無意識に反応し、携帯をスーツから取り出す。発信元は、先程電話を取り損《そこ》ねた新人作家だった。

まだだいぶショックを引き摺《ず》っていたが、連続してかけてくるのはよほどの急用だと考え、

通話ボタンを押す。すー、ふーっと深呼吸してから、携帯を耳に当てた。

「もしもし、柊です。先程は電話に出られなくてすみま……」

すべてを言い終わる前に『俺もう駄目です！』という悲鳴のような声が鼓膜《こまく》を震わせる。

『……もう書けないっ！』

「落ち着いて。……落ち着いてください」

『柊さん……助けて』

「……わかりました。いまからそちらに伺って話を聞きますから、それまでそこにいてください。いいですね？」

電話では埒《らち》が明かないと判断した柊は、相手にそう言い聞かせた。

仕方がない。緊急事態発生につき、穂高の件はいったん保留だ。いまバタバタとあわてて謝罪するより、事態に収拾がついてからきちんと時間をかけて話をしたほうがいい。冷却期間を置いたほうが、きっと穂高も自分も冷静になれる。

その場で会社に電話をして上長《じょうちょう》に事情を説明した柊は、部内ミーティングをキャンセルして、新人作家のアパートへ向かった。

彼は日当たりの悪いワンルームの片隅で、膝を抱えて待っていた。

詳しく話を聞くと、どうやら三週間ほど前から改稿に行き詰まっており、本日気分転換にエゴサーチをしたところ、賞に入った短編を完膚《かんぷ》なきまでに叩くレビューを見てしまったらしい。

「その批判がけっこう的を射《い》ていたんです。自分でも薄々駄目だと思っている部分を的確に突いていて、ただのディスりじゃないなって。そのレビュアーに『読むに値《あたい》しないゴミ』『こんな有害ゴミを大量生産する前に、いますぐ筆を折るべき』とか書かれて……」

「いま取りかかっている作品が本になるまでは、エゴサをやめてくださいとお願いしていたはずですが」

「わかってますけど、一人で直していると自分がどこに向かっているのか見えなくなって、どんどん迷宮に嵌《は》まっていく感じで。改稿すればするほど初稿のほうがよかった気がして……不安が募って……誰かの反応が知りたくて」

三週間前からスランプであったことに気がつけなかったのは、担当である自分の落ち度だ。そう思った柊は、姿勢を正して彼と向き合った。

「まず前提として、この三週間のあいだに、あなたが発していたSOSに気づくことができなかったのは私の不徳の致すところで、大変申し訳なく思います。その上でお願いしたいのですが、私は言葉の裏や空気を読んだりするのがあまり得意ではなく、匂わせ行動などでは隠された真意に気がつけないことが多いのです。ですので今後、執筆にかかわる不平不満、悩みや不安などがあった場合はストレートに言ってくださると助かります。言われたことで気分を害したりは決してしません。そのほうがお互いの時間を無駄にせずに済みますし、精神的なストレスも減ると思いますので」

「……はい」

「ではここからが本題です。先程のレビューについてですが、あなたの作品を好まない読者もいるのは当たり前のことです。むしろ万人《ばんにん》受けするほうが危険だ。独創性に欠ける証左《しょうさ》だからです。そして、ものを作る人間は例外なく孤独なのです。それに耐えられないのなら、いますぐ小説を書くのを辞めたほうがいいです」

「そんな……柊さんまで」

「折を見て話すつもりでしたが、いい機会なので。就業時間外にあなたとメッセージを交換したり、雑談につきあったりするのは私の仕事ではありません。今後は執筆とかかわりのないメッセージは送ってこないでください」

あえて厳しい言葉で突き放すと、新人作家の顔がさーっと青ざめた。

こんな偉そうなことが言えた義理ではないのはわかっている。自分こそ、不完全で、臆病で、すぐ逃げ出すような、覚悟のない人間だ。

けれど、ここで傷を舐《な》め合っていてもなにも生まれない。

無傷の人間など一人もいない。誰しもが、生きていく過程で傷の一つや二つ負っている。

だが、その痛みを理由に蹲《うずくま》っていても、傷が自然治癒《ちゆ》することはない。

どんなに辛くても、それを背負って前へ進むしかないのだと、自分は穂高から教わった。

「険しい道のりを歩み始めたばかりのあなたに寄り添い、一作でも多くの作品を世に問うのが私の仕事です。そのためには全力を尽くします。しかしながら、私にはあなたの孤独は癒《い》やせません。その孤独はあなただけのものであり、あなたが引き受けるべきものだからです。穂高充生を目標とするのならば、孤独や過去のトラウマ、屈折《くっせつ》、劣等感を飼い慣らして、いっそ強みに変えてください。それくらいのしたたかさを身につけて初めて、穂高充生を目指す資格を得られると、先生の担当でもある私は思います」

作家が目に涙を浮かべて「すみません」と謝る。

「自分の甘えでお呼び立てしてしまって……がんばりますので見捨てないでください」

「もちろんです。一緒にがんばっていきましょう。それと最後になりましたけど、あなたに可能性を感じていなければ、担当を受け持ったりしません。その点は自信を持ってください」

「……ありがとうございます……っ」

なんとか気を取り直した彼と、改稿で躓いている箇所《かしょ》について打開策を話し合い、次の締め切りを設定し直して帰社。デスクに荷物を置いたタイミングで、今度は別の担当作家が脳梗塞《のうこうそく》で入院したというバッドニュースが飛び込んできた。

肝を冷やしたが、幸い命に別状はないとの続報にほっと脱力する。点滴で処置するようだが、しばらくは入院とリハビリが必要とのことで、ただでさえ進行がギリギリだった次の本は発売延期を余儀《よぎ》なくされた。

発売延期自体はそう珍しくはないし、人間が病気に罹《かか》るのは仕方がないことだ。

問題は、当該《とうがい》作家が、デビュー二十周年を記念して大々的なフェアを打つ予定だったこと。二十周年記念のサイン会とトークイベントはすでに外部に告知済みで、チケットも完売。過去作の映画化発表の記者会見も水面下で企画が進んでしまっている。

(厄日《やくび》なのか⁉)

立て続けのトラブルに心のなかで叫んだが、弱音を吐いている時間はない。可及的速《かきゅうてきすみ》やかに対応策を講《こう》じ、各所への影響を最小限に抑えるのが担当である自分の仕事だ。

「柊、十五分後に営業部と第二会議室で会議だ。それまでに資料を揃えておけ」

部長の号令に、柊は気を引き締めて「はい」と応えた。

三

担当作家の急病と入院により、二ヶ月先までの日程調整、フェアやサイン会、トークイベント、記者会見の仕切り直しなど、柊《ひいらぎ》は当面の対応に追われた。

営業担当を伴い各書店や電子配信会社に赴《おもむ》いて事情を説明し、ライツや販促担当と一緒に映画化のプロモーションを統括《とうかつ》している会社に足を運んだ。そしてもちろん、一日一回は、見舞いのために病院を訪れた。作家は、現時点では左半身に麻痺《まひ》があるが、担当医いわくリハビリで元に戻るとのこと。心から安堵した。

日中は外出が多い上に、社内でも頻繁《ひんぱん》に行われる各部署とのミーティングや会議に出席しなければならず、日常業務にまったく手をつけられない。仕方なく仕事をアパートに持ち帰り、夜を徹して仕上げた。土日返上《へんじょう》で対応に当たり、なんとか事態が収束《しゅうそく》した時点で、作家の入院から五日が経過していた。

平均睡眠時間三時間が五日続けば、さすがに体力・気力ともに限界で、翌日半休を取った柊は、朝の十時まで昏々《こんこん》と眠り続けた。

ぶっ通しで十時間寝た勘定《かんじょう》だが、それでも起きた瞬間から疲れていて、疲労回復にはほど遠いことを実感する。ずっと緊張して張り詰めていたせいか、体のあちこちがギシギシ軋《きし》み、肩も腰もパンパンに張っている。計ってはいないが、体重もだいぶ落ちているに違いない。なにしろこの五日間、自炊はおろか、外食すらまともにできなかった。コーヒーを飲み過ぎたのとストレスのダブルパンチで、胃腸がかなりのダメージを受けているのを感じる。

「十時間まとめて寝たくらいじゃ回復しないか……」

いま振り返っても、この五日で会った人間は百人を軽く超えており、なかには顔を思い出せない人もいた。その場その場で、脊髄《せきずい》反射的に対応していたせいか、ところどころ記憶も抜け落ちている。特に昨日は疲労と寝不足がピークで、半《なか》ば朦朧《もうろう》としていた。

たぶん、ぽろぽろと連絡ミスがあるはずだから、会社に行って確認しなければ——。

(そろそろ起きて、風呂に入って、なにか食べて出社しないと……)

頭ではわかっていてもなかなか起きられず、ごろんと寝返りを打った柊は、枕元に置かれた携帯と目が合った。昨夜寝る前に、未読のまま溜めていたメールやメッセージをチェックしようと思ってベッドに持ち込んだはいいが、強烈な睡魔に勝てず、なにもしないまま寝落ちしてしまったのだ。

「…………」

携帯を手に取ってぼんやりホーム画面を眺めていた柊は、不意に、失念していた重大案件を思い出し「あっ」と叫んだ。

がばっと起き上がって眼鏡をかけ、携帯のメッセージアプリを開く。穂高《ほだか》とのトーク画面のやりとりは、自分が五日前に送ったメッセージで終わっていた。

【先程はすみませんでした。急ぎの案件ができてしまったのでいったん失礼しますが、夕方以降にもう一度ご連絡させていただきます】

穂高と物別れになったあと、急遽《きゅうきょ》新人作家のアパートに様子を見に行くことになったため、エレベーターホールで打ったものだ。この段階では、数時間後に担当作家の入院という緊急事態が発生するとはゆめゆめ思わず、会社帰りに穂高のマンションに立ち寄って直接謝罪するつもりだった。

「既読」マークがついているということは、このメッセージを読んで、穂高のほうも連絡を待っていた可能性がある。けれど自分は、目の前のトラブルに対応することでキャパシティオーバーになってしまい、連絡を怠《おこた》った。

しかもその後はメッセージアプリを開く余裕すらなく、五日間放置してしまった……。

血の気《け》がざーっと引いていくのがわかった。

（まずい……なんてもんじゃない！）

冷たくなった指先で穂高の携帯のナンバーをタップしたが、コール音が鳴り続けるばかりで、ほどなく留守番電話サービスに切り替わってしまった。

「柊です。いろいろありましてご連絡できず、申し訳ございません。このメッセージをお聞きになったら折り返しお電話をいただけますでしょうか。よろしくお願いいたします」

留守録に吹き込んでから、今度はメッセージアプリに、連絡できなかった事情についてざっくりとした説明と謝罪を書き込む。しばらく画面を見つめて待ってみたが、既読はつかなかった。留守番電話サービスに切り替わるということは、着信拒否はされていないということで、それだけが救いと言えば救いだが……。

心臓がドキドキして居ても立ってもいられず、ベッドから起き上がって、パジャマで部屋のなかをうろうろする。

（やはり怒っているんだろうか）

――先生の担当を下りたほうがいいんじゃないでしょうか。

――新作は売れているだけでなく評価も高くて、主《おも》だった文学賞を狙えると言われています。それを思えば、いまは大切なときです。おかしな噂が立つのはよろしくありません。

文学賞うんぬんなんて大義名分でしかない。穂高が賞取りにこだわるような作家じゃないことはわかっていた。なのに、先生のことを考えて身を引きますアピールで、担当を下りようとした。

（最悪だ）

本当は、鳥居《とりい》の「どんな手を使ったんですか？」という糾弾《きゅうだん》から自分のなかに生《しょう》じた後ろめたさ、穂高に対して編集者としての下心を持っていた自分――それら負の感情から逃げたかっただけだ。自分が持つ、汚い部分から目を逸《そ》らしたかった。

穂高はきっと気がついた。はっきりとした理由はわからなくとも、自分が逃げようとしていることに。だから「また逃げるのか」と言ったのだ。

(あんな卑怯《ひきょう》な逃げ方をしておいて、そののち放置したのだから……怒って当然だ)

この五日間、向こうからも連絡がなかったことが、彼の怒りの深さを示している気がした。

(……愛想《あいそ》を尽かされたかもしれない)

その可能性が頭に浮かんだ瞬間、万力《まんりき》でぐしゃっと押し潰されたみたいに心臓が痛み、パジャマの胸のあたりをぎゅっと摑んでしゃがみ込む。

(もしそうだったら、本気で立ち直れない)

精神的ショックは肉体にもダメージを与え、キリキリと痛む胃を抱え込んで蹲《うずくま》っていた柊は、目蓋《まぶた》にうっすらと感じた光に目を開いた。

窓のカーテンの隙間から細く日が差し込んで、床にラインを描いている。

まだ午前中だ。穂高は朝に弱く、締め切り前は昼夜逆転していることが多い。もしかしたら深く眠っていて、留守録とメッセージに気がついていないのかもしれない。

暗闇に差し込んだ一条の希望の光を拠《よ》りどころにして、柊はよろよろと立ち上がった。

(そうだ。とにかく穂高のマンションに行ってみよう)

土日返上で地獄の五連勤を乗り越えたいまならば、半休を全体に変更しても文句は言われないはずだが、昨夜事態を収束させたばかりなので、まだ余波《よは》があるかもしれない。いったん出社して、問題がないことを確認してから、穂高のマンションへ向かおう。

具体的な段取りをつけたことで、なんとか気持ちを立て直した柊は、速攻で身支度をした。顔を洗って歯を磨《みが》き、スーツを着てネクタイを結び、冷蔵庫に残っていた牛乳を飲み干すと、ブリーフケースを片手に自宅を飛び出す。

出社途中の電車のなかでも、穂高からの電話に備えて携帯を握り締めていたが、待ち望む着信はなく、メッセージも既読にならなかった。もう一度電話をかけたい誘惑は、理性を掻《か》き集めてかろうじて退《しりぞ》けた。五日も放置しておいて何度も催促するのは気が引けるし、寝ているところを起こしてしまうのも申し訳ない。

(それにしてもなんで……なんで連絡をしなかったんだ)

電車の揺れとシンクロするように、後悔の波が波状攻撃よろしく押し寄せてくる。そのたび柊は吊り革をきつく握り締め、自分を責めた。

どれほどの非常事態であろうとも、メッセージを入れるのに五分もかからない。事情をきちんと説明さえすれば、穂高は待ってくれる人だ。むやみやたらと機嫌を損《そこ》ねたりしない。そんな狭量《きょうりょう》な人じゃない……。

(今回の件は、二重にも三重にも自分が悪い……)

おのれを責め続けることにも疲れ、ぐったりしながら編集部に辿り着く。デスクに着いたとたん、隣席の年下の同僚に「顔色悪いですよ。大丈夫ですか？」と気遣われた。一目でわかるほど、ダメージがあらわであることに、また落ち込む。感情を押し隠すのが得意だった自分はどこへ行ってしまったのか。

「……大丈夫です。それよりフェアやイベント関連でなにかありましたか？」

「いまのところ、特にありません」

その返答にほっとする。大きなミスはなかったようだ。

会社のパソコンを立ち上げ、届いていたメールに目を通し、レスポンスが必要なものには返信して――一時間ほど作業に集中してからパソコンの電源を落とした。念のために携帯を手に取り、メッセージアプリを開く。すると午前中のメッセージに既読がついていた。

それを見た柊はあわててデスクから立ち上がった。

「これから穂高先生のご自宅に伺って直帰《ちょっき》します。なにかあったら携帯にお願いします」

先程の同僚に告げると、「了解です。お疲れ様でした」と軽く頭を下げられる。

壁際に設置されたホワイトボードに、【穂高先生ご自宅→直帰】と書き込んでいたら、後ろを通りかかった部長が足を止めた。

「穂高先生なら取材でインドだぞ」

「えっ……」

（インド⁉）

一瞬フリーズしたあと、すごい勢いで振り返る。

「インドですか⁉」

前のめりで食いつく柊を見て、部長がやっぱり知らなかったのかという顔をした。

「一昨日《おととい》の夜、同業者の飲み会があってな。秀興館《しゅうこうかん》の営業部長から聞いた。次の本は上下巻で、上巻は連載をまとめたもの、下巻は書き下ろしだそうだ。下巻の舞台がインドのムンバイらしい」

部長の口から出た秀興館という名前が呼び水となって、穂高のマンションで鉢合わせした濃い顔が浮かぶ。

（あの彼と一緒にインドに？）

「聞いてなかったのか？」

「……はい」

穂高は他社でこれから書く作品について柊に話すことはないし、逆もまた然《しか》り。柊が穂高以外の作家を担当するようになってからも、作家の名前や本の内容を尋ねられたことはなかった。一緒にいたときに例の新人作家からメッセージが届き、「誰からだ？」と訊かれて、「いま担当している新人作家です」と答えたことはあったが、その際もそれ以上は深掘りされなかった。共に狭い業界に属するからこそ、無用なトラブルを避けるために、互いの仕事には必要以上に立ち入らない。暗黙の了解のもと、柊は部屋の掃除をするときも、聖域である書斎にだけは立ち入らないようにしていた。

穂高の次の本がどういった仕様で、どのような題材で、どこの出版社から出ようと、自分が関知すべき事柄ではないとわかっている。他社の仕事について知らないのは問題ない。

けれど、穂高が自分になにも告げずに海外に発《た》ったのはショックだった。

恋人関係ならば、事前に知らされて然《しか》るべき事柄であるように思えたからだ。

「まあ、このところ入院騒ぎでそれどころじゃなかったのはわかるけどな。担当作家にこまめに連絡して近況を把握しておくのは、編集者の基本のキだぞ」

顔に隠し切れない衝撃を浮かべて立ち尽くす柊に、部長がフォローを入れつつも釘《くぎ》を刺す。

まったくもっておっしゃるとおりで、悄然《しょうぜん》と項垂《うなだ》れるしかなかった。

「……すみません」

「先生がムンバイから戻ってきたら、現地の土産話を口実に自宅にお邪魔してこい」

部長にハッパをかけられた柊は、黙ってこくりと首肯《しゅこう》した。

なぜ穂高は自分に黙って日本を発ったのだろう。

怒っていたから？

それとも、もともと穂高はそういうタイプなのだろうか。ある日突然に思い立ち、恋人にも行き先を告げずにふらりと旅立つような？　つきあい始めてからまだ日が浅く、穂高が海外に出たのは初めてなので、この件についての判断材料が足りなかった。

でも、今回は取材旅行なのだから、あらかじめ日程は決まっていたはずだ。事前に自分に伝えようと思えばできたはず。しかし彼はそうしなかった。

ではやはり、怒っていたからというのが正解なのか。

別れ際の様子を思い起こせば、その可能性が高い。

穂高のインド行きを知った当日、翌日、翌々日と、柊は自分が出立《しゅったつ》を知らされなかった理由について悶々《もんもん》と考え続けた。まだ疲労が残っているはずなのに眠りは浅く、仕事をしていても、気がつくと手を止めて穂高のことを考えている。

こうなってみて改めて、自分が穂高について知らないことばかりであるのに気がついた。

数ヶ月同居して、一緒に本を作って、公私《こうし》にわたって理解者であるつもりになっていたが、完全なる思い上がりだった。

自分は穂高のなにを知ったつもりになっていたんだろう。

取材場所のムンバイについても詳しくなかったので、自宅のパソコンで検索してみたところ、インド最大の都市であり、南アジアを代表する世界都市の一つであることを知った。商業および娯楽《ごらく》の中心地で、人口も二千二百万人を超える。天然の良港《りょうこう》に恵まれた港湾《こうわん》都市でもあり、国内の海上貨物の半数以上を担《にな》っているらしい。

またアジア有数の金融センターでもあることからビジネスチャンスが多く、国内企業の本社、多国籍企業の主要拠点が置かれている。映画産業も盛んで、街の旧名「ボンベイ」と「ハリウッド」をもじった「ボリウッド」と呼ばれる映画の街としても有名。

首都のニューデリーよりも勢いがあることから、インド人はムンバイを「夢の街」と呼ぶようだが、光が強ければ影もまた濃く現れるのが世の常だ。

高層ビルが並び建つ大都市のもう一つの顔――スラム。中央部から車でわずか十数分の場所に、粗末《そまつ》なバラック小屋が密集する地域があり、ゴミが散乱したそこには、汚れた衣類を纏《まと》った人々が不法滞在している。

飢《う》えて荒《すさ》んだ目をした栄養不良の子供たち。拾ったゴミを売って日々の糧《かて》とする男。運河沿いに延々と続くバラックの住居。スラムを仕切る武装した男たちとそのリーダー。

パソコンのディスプレイをみっしりと埋《う》めるスラムの画像を眺めていると、穂高の取材目的はこの場所だという気がしてくる。単なる勘だが、穂高はいわゆる「繁栄」や「光」に興味を示すタイプではない。どちらかというと人間の持つ「心の闇」や「影」の部分に惹かれ、そこに深く斬り込んでいくことに燃える質《たち》であるのは、過去の作品の題材にも現れている。

潜入取材で暴力団組長の用心棒をやっていたときに、敵対していた組から殴り込みをかけられ、組長を庇《かば》って刀傷を負《お》った話は、直接本人から聞いた。

穂高は作品のためならば、自《みずか》らの命を顧《かえり》みず、危険なエリアにも足を踏み入れてしまう……。

ふと、一連の画像のうちの一枚に視線が吸い寄せられた。

鋭い目つきで拳銃を威嚇《いかく》するように見せつけている――全身にびっしりとタトゥーの入った大男。

ドクン……。

刀傷を負った経緯《けいい》を聞いた際の、不穏な胸の動悸が蘇《よみがえ》ってくる。

あのとき、この人は本当に命がけで取材をしているのだと知って畏怖《いふ》を覚えた――。

漫然《まんぜん》とした形のない焦燥感《しょうそうかん》に駆られ、デスクの上の携帯を掴む。ムンバイとの時差は三時間半。向こうは夕方の六時過ぎだ。

穂高のアドレスページを開き、息を止めて通話ボタンに指を近づける。タップの寸前でふっと息を吐いた。もう一度近づけたが、指が震えてどうしてもボタンを押せない。

(……駄目だ)

携帯を裏返しにしてばたんと伏せた。

結局のところ、穂高から連絡がないのが答えだ。穂高が自分と話したいと思っているなら、一昨日の時点で電話かメッセージがあったはず。なのにどちらも来なかった。

少なくともいま、自分は必要とされていないのだ。

頭では理解していても、心情的に割り切ることができない。消化不良のわだかまりが胸のなかでもやもやと渦巻《うずま》いて、このままでは今夜も眠れそうになかった。

あれこれ思い悩んだ末に、メッセージを打つことにする。

【取材でムンバイに発たれたと聞きました。お話ししたい件がございますので、よろしければ帰国日を教えていただけますでしょうか。取材がつつがなく完了しますよう、また道中のご無事をお祈りしております。くれぐれもお気をつけて】

失礼がないか、他人行儀すぎないか、あてつけがましくないか。

何度も何度も推敲《すいこう》して微調整したメッセージを、勇気を振り絞って送った。緊張の面持《おもも》ちでトーク画面を見つめて三十分ほど待ち続けたが、返信はなく、既読にもならない。

柊は落ち込んだ。ずっと地面すれすれの低空飛行だったが、ついに地面に激突し、地中にまでめり込んだ。眼鏡を外して、眦《まなじり》から零《こぼ》れた涙を拭《ぬぐ》い、ずずっと洟《はな》を啜《すす》る。

「……先生」

あのがっしりと厚みのある体が、自分より少し高い体温が、力強い抱擁《ほうよう》が、恋しい。

いますぐ会いたい。できることならインドまで飛んでいきたい。

穂高をこんなにも遠く感じたのは初めてだった。物理的な距離が歯がゆく、もどかしい。やっぱり側《そば》にいたい。近くにいたいと切実に思った。

せっかく穂高が「このまま一緒に暮らそう」と言ってくれたのに、「少し考えさせてください」だなんてもったいぶって……本当に愚《おろ》かだった。

穂高の包容力に甘えていた。

恋愛初心者なのだから、回りくどく考えたりせずに、もっと素直になればよかったのだ。頭でっかちになった挙げ句に、結局は自分で自分の首を絞めた。

（ばかだ……）

もしもう一度穂高に会う機会を得られたならば、心から謝って、今度こそ本音でぶつかろう。

誰になにを言われようと構わない。

あなたの側にいたいです。あなたをもっともっと知りたいです——と。


翌日になっても、穂高からは電話もメッセージも届かなかった。

一睡《いっすい》もできないまま出社して、形ばかり仕事をしている体《てい》を装《よそお》っていた柊は、いままたキーボードから離した手を携帯に伸ばし、メッセージアプリを開いた。自分の書き込みに既読マークがついていないのを確かめ、はーっとため息を吐く。このルーティンは朝から何十回目か、もはや回数もわからない。心情的には仕事どころではなく、こうなると発売延期にかかわる諸々や喫緊《きっきん》のタスクに目処《めど》をつけておいたのは、つくづく不幸中の幸いだった。

来るかどうかもわからない連絡をあてどなく待ち続ける——蛇《へび》の生殺しのような状態がこの先何日も続いたら心がもちそうにない。いまだってすでに頭がおかしくなりそうなのに。

せめて、穂高がいつ帰ってくるのか、それだけでも知りたい。

午後の三時を回る頃には、募《つの》る渇望《かつぼう》が抑えきれないほど強くなっていた。

穂高の取材の日程を把握しているのは秀興館だ。

まずは一か八か、面識のある編集者に当たってみるしかない。そう考えて、デスクの袖《そで》の引き出しから名刺ホルダーを取り出した。これまでに交換した名刺が、もらった日付の順に収納してあるホルダーをパラパラと捲《めく》る。

（あった）

穂高のマンションで会った秀興館の編集者、鳥居の名刺をホルダーのポケットから引き抜いた。彼自身は取材に同行して不在かもしれないが、その場合でも、彼の上司ならば取材日程を知っているはずだ。名刺を片手に、もう片方の手をオフィスフォンに伸ばしてかけて、途中で止める。

（……電話じゃ駄目だ）

情報交換を兼ねた飲みの席ならともかく、出版社にとってトップランクの作家の個人情報を、電話一本で気軽に教えてくれるわけがない。自分が逆の立場でも教えないからわかる。

ここはもう直接掛け合うしかない。教えてもらえるまでは不退転《ふたいてん》の覚悟で、直談判《じかだんぱん》だ。

心に決めた柊は、六時きっかりに席を立った。ショルダーバッグを斜めがけにすると、同僚たちに「お先に失礼します」と挨拶《あいさつ》をしてフロアを出る。その足でまっすぐ秀興館を目指した。

秀興館があるエリアは、大手出版社が集結していることで有名だ。それら世間に名の知られた大手のなかでも、秀興館は頭一つ抜け出た最大手。

数年前に建て替えた本社ビルは十二階建てで、最寄り駅から地下通路で直結している。つまり、雨に濡れずに会社まで行ける。ビル内にはコンビニやカフェが併設《へいせつ》されており、敷地内には公園や遊歩道があって、交通の便がいいだけでなく、働く環境としても抜群——というのは、秀興館にも出入りしているデザイナーから聞いた話だ。

駅から徒歩十二分、築三十年の龍生の自社ビルとは、天と地の差がある。秀興館の社員は業界一の高給取りと評判で、そこもだいぶ違う。しかし絶望するには及ばない。出版の世界では、十人に満たないような小さな出版社が大ヒットを出すこともあるからだ。

本は車などと違ってローコストで作ることができる。人的投資も少なくて済み、その気になれば一人でだって作れる。そして作った本がおもしろければ、たくさんの人に読んでもらうことができる。最近は電子配信という選択肢も増えたので、より手軽に、より多くの人に手にしてもらえるようになった。そういった意味では、成功のチャンスが比較的平等に与えられている業界と言えよう。

（とはいえ、やはり別世界ではある……）

夕闇をバックにそびえ立つビルを見上げていた柊は、ともすれば及び腰になりかけるおのれを奮《ふる》い立《た》たせ、ガラス張りのエントランスをくぐった。初めて足を踏み入れた天井の高い吹き抜けの空間には、駅の改札のようなゲートがずらりと並び、その奥にエレベーターホールが見えた。つまり、オフィスに入るためにはゲートを通過しなければならず、そのゲートをくぐるには、おそらく社員証か通行証が必要だということ。世界に誇《ほこ》れるコンテンツを多数抱えているだけあって、さすがにセキュリティは厳重だ。

左手に受付カウンターがあり、来客はそこで受付を済ませて通行証を受け取るシステムらしいが、それにはアポイントが不可欠だ。

柊は携帯を取り出して、鳥居の名刺の番号にかけた。

『はい、文芸第一出版部です』

電話に出たのは若い男性だった。

「龍生出版の柊と申します。鳥居さんはいらっしゃいますか?」

『鳥居ですね。少々お待ちください』

保留音が流れ出し、一分ほど待たされて、先程の男性が電話口に戻ってきた。

『すみません。鳥居はもう退社したようで。さっきまでいたんですけど』

さっきまでいたということは、ムンバイ取材には同行していないということだろうか。

「そうですか。では、鳥居さんの上司にあたる方とお話がしたいのですが、お願いできますでしょうか」

『鳥居の上司……というと部長ですか?』

電話口の向こうの彼が怪訝《けげん》そうな声を出すのも当然だ。それでも、ここで引き下がるわけにはいかない。どうやって上司に取り次いでもらおうかと、考えを巡らせていた柊は、エレベーターホールに現れた見覚えのある顔に「あっ」と声を発した。

「いま鳥居さんが下りていらしたので……失礼します」

通話を切ってゲートに歩み寄る。ちょうど鳥居が、社員証を読み取り機にピッと翳《かざ》してゲートを通り抜けたところだった。ブリーフケースを提《さ》げた男に「鳥居さん」と声をかける。

顔を上げた鳥居が、目の前に立つ柊を認めて眉をひそめた。

「あんた……」

「先だって穂高先生のマンションでお会いした龍生出版の柊です。穂高先生についてお伺いしたいことがありまして……少しだけお時間よろしいですか?」

そう切り出して、通行の邪魔にならないよう端に移動する柊に、鳥居も不承不承《ふしょうぶしょう》ついてくる。

「なんですか、話って」

「秀興館さんのお仕事で、穂高先生がいまムンバイにいらっしゃるのは存じ上げているのですが、海外の通信事情のせいか連絡がつかなくて心配しておりまして。先生がいつ帰国なさるのかを教えていただけませんでしょうか」

極力低姿勢に伺いを立てると、鳥居が微妙な顔をした。

「先生はもう帰ってきていますよ」

「えっ」

「本当に知らないの？　連絡来てないんだ。お気に入りかと思ったら案外そうでもないんだな」

溜飲《りゅういん》を下げたような表情《かお》を前にして、気の抜けた声で「……帰ってきている？」とつぶやく。

「いま病院ですけどね。僕はさっき見舞いに行ってきたところです」

「病院？」

顔色が変わったのが自分でもわかった。

「病院って、どういうことですか？」

「現地のコーディネーターも僕も止めたんだよ。ぜったい危険だからって」

鳥居が肩をすくめる。

「なのに勝手に一人でスラムの危険エリアに乗り込んでいって、案の定ギャングに刺されて緊急帰国。マスコミに嗅《か》ぎつかれないように空港から病院に直行させて……こっちは対応にてんてこ舞いですよ。まったく取材となると周りが見えなくなっちゃうんだか……」

みなまで言わせず、柊は男に摑みかかった。

「どこですか⁉」

「なっ……」

「病院!!」

ネクタイを摑んでガクガクと揺さぶる。

「どこの病院ですか!?」

大人しい堅物《かたぶつ》と侮《あなど》っていた柊の剣幕《けんまく》に気圧《けお》されたのか、鳥居がやや上擦《うわず》った声で「や、山川《やまかわ》病院」と答えた。

回答を得るなりネクタイからぱっと手を離し、「ありがとうございます」と体を九十度折り曲げる。

呆然と立ちすくむ鳥居の横をすり抜けた柊は、三、四歩足を進めた地点でぴたりと止まり、くるりと振り返った。右手の中指を突き立てて、柊への侮辱《ぶじょく》をハンドサインで示していた鳥居が、あわててその手を下げる。

「……なんだよ?」

気まずそうな顔つきで、ふて腐れた声を出した。

「確かに穂高先生の才能は出版業界の宝です。でも先生は回覧板ではありません。感情も意志もある人間です」

「は?」

「先日あなたが言っていたとおり、先生は取り扱いが難しい作家かもしれません。世間の声や他人の言葉に流されませんし、媚《こび》やおべっかにも動かされない。先生自身、率直な物言いが信条ですので、人間関係に軋轢《あつれき》が生じることもあるでしょう。また、作品のために危険に身を投《とう》じて、結果的に周囲を振り回すこともある。しかしそれらは小説に対して真摯《しんし》に向き合っているがゆえの言動です。一見して強面《こわもて》に見えますが、その実とても繊細《せんさい》であたたかい方です。社会の矛盾《むじゅん》や欺瞞《ぎまん》を鋭い筆致《ひっち》でえぐり出す一方で、小説の根底《こんてい》には人間愛が横たわっている。だからこそ先生の作品は魅力的で、たくさんの人に愛されているのだと思います」

一気に早口で言い立てる。

「私は決して先生を独占したいなどとは思っていません。できればこの先も、鳥居さんやほかの担当者の方々と一緒に、先生を支えていきたいと思っています」

「…………」

共闘《きょうとう》を持ちかけたが、鼻白《はなじろ》んだ面持ちで立ち尽くす鳥居からリアクションはなかった。彼の同意を根気強く待っている時間はない。

「失礼します」

柊は男にもう一度頭を下げると、今度は足を止めずに全速力で駆け出した。

いやな予感が現実のものになってしまった。

秀興館御用達《ごようたし》の総合病院――山川病院へと向かうタクシーのなかで、柊は膝の上の両手を祈りの形に組み合わせた。

（――神様）

クリスチャンでもないのに、こんなときだけお願いするのはムシがいいとわかっています。それでもお願いする身勝手をお許しください。

どうか、先生の怪我が後遺症が残るようなひどいものではありませんように。

祈っているあいだも眼裏《まなうら》に、穂高の背中の鋭利《えいり》な疵痕《きずあと》がちらついた。あの傷だって、一歩間違えば致命傷になっていたはずだ。

（どうか……どうか）

指の先が白くなるくらい、ぎゅっと力を入れて祈り続ける。

「お客さん、そろそろ山川病院ですけど、どこに着けますか？」

「正面玄関でお願いします。支払いはプリペイドで」

山川病院の正面玄関にタクシーが到着するやいなや、後部座席から急いで下りた柊は、自動ドアをくぐり抜けてロビーに駆け込んだ。すでに外来は終了しており、ロビーチェアが何列も並ぶロビーは閑散《かんさん》としていた。受付も電気が落ちて薄暗い。

（面会時間は八時までか）

インフォメーションボードに記された案内文を読み、腕時計で時間を確かめた。

よかった。まだ三十分ある。

マスコミ対策を考えて秀興館が用意した部屋となれば、個室であるのはまず間違いないだろう。そして刺し傷の対応は外科のはずだ。

改めて、インフォメーションボードの院内案内図をチェックする。外科病棟の七階に、入院用の特別床――個室があるようだ。外科病棟への道順を頭に叩き込んで歩き出す。廊下を駆け出したい衝動をぐっと堪《こら》えた。ここは病院だ。

渡り廊下を使って正面玄関があった棟《むね》とは別の建物に移動し、エレベーターで七階まで上がる。看護師が忙しそうにしているナースステーションを横目に廊下を進み、個室が並んでいるエリアに到着した。

急《せ》く気持ちを抑《おさ》えつけ、個室のネームプレートを一つ一つ確かめていく。三つ目で『穂高充《みつ》生《お》』と書かれているプレートに行き当たり、「あった」と小さく声を出した。

(このなかに先生が……)

そう意識したとたん、心臓がトクントクンと主張し始める。

会うのはあの気まずい別れ以来だ。連絡に返事ももらえていない。海外に発つことも知らせてもらえなかった。多分、穂高はまだ怒っている。

そんな自分が勝手に見舞いに来てよかったのか。今更気後れがこみ上げてくる。

かといって、ここで引き返すことなどできない。顔を見ずに帰ることなどぜったいできない。

自分の意志をいま一度確認した柊は、大きく深呼吸をしてから、スライドドアをコンコンコンとノックした。

「――どうぞ」

穂高の声だ。低くて落ち着いていて、普段どおりの声に聞こえる。それだけで泣きそうになった。感情が急激に高ぶったけれど、泣いてはいけないと自分を戒める。

「……失礼します」

小声でつぶやき、ハンドレバーを摑んでスライドドアを開けた。部屋は八畳《じょう》ほどで、柊の位置からは、小さなキッチン、ユニットバスに通じているらしきドア、テレビ台が設置されたキャビネット、そして窓際にベッドが置かれているのが見える。ただし天井から下がっているカーテンでベッドの上半分は隠れており、掛布《かけふ》がかかった腰から下しか見えなかった。

ドキドキしながらベッドに近寄り、カーテンの端から覗き込む。リクライニングベッドで上半身を斜めに起こして本を読んでいた穂高が、気配を感じてか、つと顔を上げた。

会えなかった期間に、何度も脳裏《のうり》に思い浮かべた精悍《せいかん》な面《おもて》。濡れたように黒々とした瞳が印象的な目が、みるみる見開かれていく。

「柊?」

名前を呼ばれた瞬間、必死に押さえつけていた感情がぶわっと堰《せき》を切った。

「先生……っ」

思わずベッドの傍《かたわ》らに両膝を突き、膝立ちになって、掛布をぎゅっと握り締める。

「と、鳥居さんから先生が……さ、刺されたって聞いて」

喉《のど》から声を絞《しぼ》り出しているうちに、視界に映った穂高の顔が、じわじわと滲《にじ》み始めた。

「心臓が……止まるかと思いました……っ」

嗚咽《おえつ》混じりに訴えると、大きな手が伸びてきて、涙の雫《しずく》が伝い落ちた頬に触れる。

「……悪かった。心配かけたな」

低い声で詫《わ》びた穂高が、親指で涙を拭《ぬぐ》い取ってから柊の頭に手を置き、子供を宥《なだ》めすかすみたいに髪を撫でた。

「スラムの裏通りで、十四、五歳のガキが集団リンチにあっている場面に遭遇して、どうしても見逃せなくてな。割って入ったらストリートギャングに囲まれてナイフで刺された」

状況説明を耳にして、もう大丈夫なのだとわかっていても、心臓がピリッとする。

「ど、どこを？」

穂高が病衣の前ボタンを外して、捲《まく》って見せた。腹部にさらしが巻かれている。

「右の脇腹だ。傷は大して深くなかったし、現地の病院で縫《ぬ》ったから、俺としては取材を続けたかったんだが、秀興館の担当が大げさに騒いで、日程を繰り上げて急遽《きゅうきょ》帰国することになってな」

穂高は不服そうだが、それは鳥居の判断が正しいと思った。自分でも同じ対応をとる。

「昨夜空港からここに直行して、そのまま入院させられた。後遺症が残ったりしたら、秀興館の責任問題になるからな。今回は迷惑をかけたし、担当の顔を立てて一泊して、今朝早くからあちこち調べたが、オールクリアだった。脇腹の傷には改めて全治一ヶ月程度という診断がついた。明日の朝には退院できる」

それを聞いたらほっとして、また涙が出てきた。

「な、何度も……連絡を入れたんですけど……返事、なかったから……本当に……し、心配で」

「スラムで刺されたあと、バッグごと携帯を盗《と》られておまえの携帯番号がわからなくなった。どのみち、この状況を知らせても無駄に不安を煽《あお》るだけかもしれないと思って、明日の朝家に戻ってから会社に連絡を入れるつもりだった」

「……よかった……です……ほんと、に……よかった……」

まだ泣いている柊の眼鏡を穂高が持ち上げ、涙を唇で吸った。目許《めもと》、頬、鼻の頭と順に触れて、最後に唇に唇をそっと重ねる。ちゅくっと音を立てて唇を離すと、じっと目を見つめてきた。

「正直な話、俺はかなり腹を立てていたんだぞ。なんだか妙によそよそしくて様子がおかしいと思っていたら、突然担当を辞めるとか言い出すわ、連絡するとメッセージを寄越したきり何日も放置だわ」

そのときの怒りが蘇ってきたのか、眉根を寄せる穂高に、「すみません」と謝る。

「直接会って謝罪するつもりが……仕事で大きなトラブルに巻き込まれてしまって」

「らしいな。メッセージを読んで、いまは大方の事情は理解している。それにしたって電話の一本くらいできただろうが」

穂高の主張はもっともだ。ひたすら謝るしかないが、柊のほうも確認したい件があった。

「それで黙ってムンバイに？」

うなずいた穂高が、柊から手を離して、無精髭《ぶしょうひげ》が散らばる顎《あご》をしごく。

「もともと、わりと急に決まった取材ではあったんだが……。他社の仕事の取材に関して、おまえにどの程度踏み込んだ話をしていいものか迷っているうちに、おまえの様子がおかしくなって……結果的に喧嘩別れみたいになっただろう？　それきりおまえからは連絡がないし、俺も意地になって……まあ、いま思えば大人げなかった」

反省の弁を口にする穂高に、柊は首を横に振った。

「いいえ、私が未熟なせいです。会社のみんなの期待をプレッシャーに感じてしまうのも……公私のけじめがきちんとつけられていない気がして、とっさに先生に担当替えの話をしてしまったのも……トラブルの対応でキャパシティオーバーになって連絡できなかったのも……全部、私の不徳の致すところです」

打ちひしがれる柊の顎を、穂高がふたたび摑んで持ち上げる。黒い瞳に、情けない顔の自分が映り込んでいた。

「またそうやって自分を責める。悪い癖だぞ。おまえは一本気すぎるし、なんでも抱え込みすぎる。なにかあったら胸に溜めずに俺に言え。おまえがなにも言わなかったら、相談にも乗れないだろうが」

教師が生徒を諭《さと》すような口調で、穂高が言って聞かせる。

「……先生」

「ストレス、プレッシャー、迷い、理不尽なトラブル。生きてる限り、こいつらと完全に縁を切るのは不可能だ。けどな、わざわざ一人で背負い込む必要はない。身に余るような重い荷物は、二人で分担すりゃいいんだ。おまえはもう一人じゃない」

（……もう一人じゃない）

穂高の言葉が胸にじんわり沁み入った。言われて初めて、ずっと誰かにそう言って欲しかったのだと気がつく。

いつだってそうだ。いつだって穂高は、自分が欲しい言葉を先回りして与えてくれる。

小説のなかでも――現実でも。

欲しかった言葉を与えてくれた人に、自分も偽《いつわ》りのない本心を告げたい。

「先生……ずっと一緒にいたいです。……もう片時も離れていたくないです」

心の願望を言葉にすると、穂高が唇を横に引き、うれしそうに目を細めた。

「やっと言ったな」

四

「退院したい」

ナースコールで看護師長を呼んだ穂高《ほだか》が、個室に入ってきた彼女に唐突に切り出したのは、その五分後。

「退院？　いまからですか？」

看護師長は明らかに当惑しており、柊《ひいらぎ》もおそらく規則違反と思われる要求に驚いたが、穂高は強気な姿勢を崩さなかった。

「明日の朝いちなら、いまから退院したって同じことだろう。どうせ寝て起きるだけだ。だったら少しでも早く家に戻って原稿を進めたい」

「ですが……もう時間外で、会計も締めてしまっていますし」

「そんなのどうにでもなるだろう。ここは秀興館《しゅうこうかん》が取った部屋だが、支払いは個人でする」

「先生、それで大丈夫ですか？」

柊の問いかけに、穂高が「元々そのつもりだった」と答える。

「自分の尻拭《しりぬぐ》いは自分でする」

担当編集とコーディネーターの制止を振り切って危険なエリアに出向き、たとえ少年を助けるためだったとしても、結果的に秀興館に迷惑をかけた。その自覚はあるのだろう。

ゆくゆくは本を出すことで充分に損害を補塡《ほてん》できたとしても、現時点でかかった費用を自分持ちにするのは、実に穂高らしかった。

言い出したらきかないわがままな患者を持て余したのか、看護師長が担当医を呼びに行き、ほどなくして、白衣を着た五十代前半の男性を連れて戻ってくる。すでに看護師長から穂高の主張を伝え聞いていたらしい担当医は、リクライニングベッドの枕元に立って、「穂高さん」と語りかけた。

「執筆以外の激しい運動などを避け、できるだけ安静に過ごした上で、三日後に傷の経過を診《み》せてくださることを約束していただけますか？」

「もちろん約束する」

「わかりました。いま申し上げた注意事項を守っていただけるのならば、時間外にはなりますが、特例として退院を許可します」

「ありがとう、先生」

穂高が感謝の言葉を口にすると、担当医は茶目っ気のある笑みを浮かべる。

「その代わり一日も早く新刊を出してくださいよ？　いちファンとして心待ちにしているんで

すから」

至るところにファンがいる穂高は、ある意味最強だと改めて思った。

退院が決まったので、穂高が病衣から黒のシャツとボトムに着替えて身支度をしている間《かん》、柊は荷物をまとめ始める。空港から直行したため、ムンバイ帰りの大きなスーツケースが部屋の隅に置かれていた。

特例処置で個室内での退院手続きを済ませたのちに、二人で一階まで下りる。途中、何度か足を止めて「大丈夫ですか？」と確認したが、そのたび「大丈夫だ」といういらえが返ってきた。実際、穂高の足取りはしっかりしており、顔つきも普段どおりだった。どうやら鎮痛剤《ちんつうざい》がよく効いているようだ。

病院の車寄せで客待ちをしていたタクシーのラゲッジスペースに、運転手に手伝ってもらってスーツケースを収納すると、穂高と二人で後部座席に乗り込む。

「なんだかちょっと感動しました」

目的地に向けて走り出したタクシーのシートに背中を預け、柊は感慨深くつぶやいた。

「先生が少しでも早く原稿に取り組みたいと思うなんて……今回のムンバイ取材はよほど執筆意欲を掻《か》き立てるものだったんですね」

編集者としては、他社の仕事であれ、担当作家が意欲的なのは喜ばしい。穂高充生《みつお》作品の評価が上がれば、版元を問わずに穂高の本が売れるからだ。先程の医師ではないが、いちファンとしても、おもしろい作品が読めるのは大歓迎だ。

だが、柊のせっかくの感動は、当の穂高によって無残にも打ち砕《くだ》かれた。

「あんなの口から出任せに決まってるだろ？　ああでも言わないと、くだらない規則とやらのせいで退院できなかった」

「……出任せ？」

唖然《あぜん》として、傍らの彫りの深い横顔を見つめる。

「嘘だったんですか？　なんで嘘までついて？　それこそ明日の朝には退院できたんですよね」

詰め寄る柊を一瞥《いちべつ》した穂高の顔には、ばかなのか？　と書いてあった。

「おまえと一秒でも早く二人きりになりたかったからに決まってるだろうが」

苛立《いらだ》ちを含んだ低音で囁かれ、一瞬で耳まで熱くなる。たぶん真っ赤になってしまっている顔を、あわてて窓のほうに向けた。案の定、ガラスに映る顔は真っ赤。

（それはもちろん自分だって……）

早く二人きりになりたい気持ちは同じだ。

病室での涙味のキスで、欲望の熾火《おきび》に火が点《つ》いてしまっているのも事実。

けれど、穂高はナイフで刺されて傷口を縫《ぬ》ったばかりだ。本来ならば、もう一晩病院で安静に過ごさなければならないところを、無理を押して退院してきたのだ。

（そんなことを考えてはいけない）

穂高をリラックスさせるのが担当編集としての責務なのに、一緒に興奮してどうする。

そう自《みずか》らを叱咤《しった》する側から、もう一人の自分が囁く。

でももし、穂高に求められたら？　ちゃんと拒《こば》めるのか？

いやいや、拒めるのか？　じゃなくて、そこは断固として拒まなくちゃ駄目だ。

流されがちな自分を、理性的な自分が諌《いさ》めていると、不意にシートの上の手を掴まれた。

「……………っ」

びくっと肩を揺らし、反射的に手を引こうとしたが、それを察したらしい穂高にぎゅっと握り込まれる。

逃がさないとでも言うように強く握り込まれた手から、穂高の体温が伝わってきて、ただでさえ熱くなっていた体がさらにヒートアップした。

そんなに力を入れて傷に響かないだろうか。運転手に気がつかれないだろうか。

二重の意味合いでハラハラしたせいもあって、脈拍がめちゃくちゃ早い。

（落ち着け。……落ち着け）

心のなかで平静たれと唱《とな》え続け、鼓動の高まりを必死に押さえつけているうちに、タクシーが穂高のマンションに着いた。

「俺が払う。いくらだ？」

支払いをするために、やっと手を離してもらえて安堵する。

タクシーのラゲッジスペースから運転手が下ろしてくれたスーツケースは、怪我人の穂高に代わって柊が引っ張った。

「大丈夫ですか？　痛みはありませんか？」

またしても何度か確認したが、やや煩《うるさ》げに「大丈夫だと言っているだろう」と返される。穂高は病人扱いが疎《うと》ましいようだが、柊としてはどんなに気遣っても、し過ぎることはないといった認識だ。

合鍵を使って入った部屋は、長く閉め切られていたせいか、空気が少し淀《よど》んでいた。柊は掃《は》き出し窓に歩み寄り、ガラス戸を開けて空気を入れ換えた。

湿気を含んだ夜の風が、火照《ほて》った顔に気持ちいい。徐々に肌の熱が引くのを感じて、ほっと息を吐いた。

クールダウンを成功させて振り返り、リビングの中程に立っていた穂高に、「荷物を解《ほど》くのをお手伝いします」と告げる。

「でもその前にコーヒーかお茶を淹《い》れますね」

キッチンに向かうために穂高の傍らをすり抜けようとした柊は、横合いから伸びてきた手に二の腕を掴まれ――あっと思った次の瞬間には、恋人の腕のなかに囲い込まれていた。

自分の腰を両腕でホールドした穂高に、まっすぐ見下ろされて、両目をパチパチと瞬《しばた》かせる。

「……先生？」

「ムンバイでも、ずっとおまえのことを考えていた」

直球の告白に胸がびりっと震えた。

(ずっとおまえのことを考えていた……)

どんなに凝《こ》った口説《くど》き文句よりも強い、ストレートだからこそ破壊力抜群の言葉に、胸の奥から、じわーっと甘い蜜《みつ》が染み出してくる。

「おまえは？　会えなかったあいだに少しでも俺のことを考えたか？」

穂高が心持ち不安そうな憂《うれ》い顔で問い質《ただ》してきた。恋人が本気で案じているのが伝わってきて、胸がきゅんとする。なんだかかわいいと思ってしまった。

(だって)

自分たちのパワーバランスにおいては、穂高のほうが圧倒的に優位だし、人間としてのステータスもステージも上だ。

天下の穂高充生が不安を感じる要素なんて一つもないのに。

もっと強気でもいいのに、ちゃんと自分と同じ目線に立ってくれる。

対等な相手だと認めてくれている。

自分は穂高のそういうところが好きなのだ。

また一つ穂高を好きな理由を発見した柊は、無数の「大好き」の集合体である恋人の、黒い瞳を見つめた。

「先生がいつムンバイから戻ってくるのかどうしても知りたくて、秀興館さんのビルまで押しかけて行きました。そのとき、鳥居《とりい》さんから先生が刺されたと聞いて」

「聞いて？」

「入院先の病院を教えろと摑みかかりました」

「摑みかかった？　おまえが鳥居に？」

穂高が目を丸くする。

「はい。ネクタイを摑んでガクガク揺さぶりました。鳥居さんには誠に申し訳ないことをしたと心より反省しております」

神妙《しんみょう》な面持《おもも》ちで改悛《かいしゅん》の念を口にすると、虚《きょ》を衝《つ》かれたように瞠目《どうもく》していた穂高が、唇の片端を上げて「ふっ」と吐息を漏らした。それをきっかけにして一気に破顔《はがん》し、「くく……ははっ」と笑い出す。

「先生？」

「おま、おまえに揺さぶられて呆然としている鳥居……最っ高に笑える！」

なにがそんなにおかしいのか、腹を抱えて笑い続けていた穂高が、突如「いてっ」と眉をひそめた。

「大丈夫ですか!?」

心配して覗き込んだ穂高の顔は、表情がやわらかく解《ほぐ》れて、口許《くちもと》には笑みが浮かんでいる。

「いかん、笑いすぎた。おまえがあんまり俺のツボを突くから」

そう言ってまたひとしきり笑った恋人が、柊の頭に大きな手を乗せ、ぽんぽんと叩いた。

「本当、おまえは最高だよ」

「先生」

「柊、好きだ……」

何度聞いても、心を甘やかに揺さぶり、体の中心からとろとろに蕩《とろ》かす睦言《むつごと》。

穂高が男らしく整った貌《かお》を近づけてくる気配に、柊はそっと目を閉じた。一度でも唇を触れ合わせたら、二度と引き返せなくなると薄々わかっていたが、拒《こば》むことなどできなかった。

やがて唇と唇が触れ合い、やさしくちゅくっと吸われる。しかし、やさしかったのは最初だけで、ほどなく上唇と下唇をこじ開けるように侵入してきた熱い舌が、口腔《こうこう》内を荒々しくまさぐり始める。

「……んんっ……ふ、ン」

舌先でねっとりと粘膜《ねんまく》を愛撫され、喉《のど》の奥に溜まった唾液《だえき》を掻き混ぜられて、甘い吐息が鼻から漏れた。舌を絡ませ合う濃厚なキスに、目の奥がジンジンと熱く痺《しび》れ、どれだけ自分がこの行為に飢《う》えていたかを実感する。

したかった。ずっと、ずっと、こうしたかった。

(欲しかった……いや、欲しい。いますぐ)

一度その欲望を認めてしまえば、欲しいという欲求に思考を支配されて、ほかのことが一切考えられなくなる。さらには駄目押しのごとく、密着した恋人に硬く漲《みなぎ》った下腹部を押しつけられた柊は、いよいよもって制御不能に陥《おちい》った。

「……柊……おまえが欲しい」

口接《こうせつ》を解《ほど》いた恋人に耳許で囁かれ、ぶるっと胴震いする。

(ごめんなさい……)

心のなかで、退院を許可してくれた医師に謝った。

(〝執筆以外の激しい運動〟を回避できそうにありません)

自分は弱い人間です。穂高に求められて拒むことなどできない。

だとしたら、せめて少しでも穂高の負担を減らしたい。そう考え、穂高の腕を引いてソファへと誘《いざな》った。穂高を座面に腰掛けさせると、自分はその前に立ち、身につけているものを素早く脱ぎ捨てる。一糸《いっし》まとわぬ全裸になった柊は、次に穂高のボトムのボタンを外し、ファスナーを下げて、下着のなかから八分勃《はちぶだ》ちの性器を取り出した。

「——柊?」

面食らった様子の恋人の膝の上に、向き合う形で跨《また》がる。

「今夜は私に任せて、できるだけ動かないでいてください」

「って、おまえ……」

「先生はなにもしなくても大丈夫です」

念押ししたのちに右手の中指を口に含み、自分の唾液でたっぷり濡らして、尻に当てがった。

「……んっ」

指先でつぷっとアナルを割り、ゆっくりと押し込んでいく。第二関節まで埋《う》めて、拙《つたな》い動きで〝なか〟を解《ほぐ》していると、不意に穂高に二の腕を摑まれた。

「俺がやる」

そう主張するなり、柊の腕を引っ張って指を抜く。抜いた指の代わりに、自分の節《ふし》ばった長い指を埋め込んできた。

「んンっ」

体内で指を動かされ、全身をびくんっとおののかせて穂高の首にしがみつく。実戦で比べてみれば差は歴然。明らかに穂高のほうが解し慣れており、一枚も二枚も上手《うわて》だった。巧《たく》みな指使いに「あっ、あっ」と嬌声《きょうせい》が喉から押し出される。いつしか二本に増えていた指で掻き混ぜられて、さほど時を要さずに〝なか〟がとろとろになった。

「そろそろいいようだな」

穂高が指をずるっと抜く。その喪失感《そうしつかん》ではっと我に返った柊は、いつの間にか穂高に奪われていた主導権を取り戻そうと、「こ、ここからは自分で」と主張した。

二人で解した孔《あな》に屹立《きつりつ》の先端をあてがい、ごくっと喉を鳴らす。心臓がドキドキした。いわゆる騎乗位で、しかも自分から積極的に繋がるのは初めてのことだ。臆《おく》する気持ちも強かったが、それよりも穂高と繋がりたい欲求が勝《まさ》っていた。

「おい、大丈夫か？」

気遣わしげな問いかけに「大丈夫です」と答えて、ゆっくりと腰を落とす。固い異物が突き刺さってくる衝撃に身が竦《すく》んだが、おのれを奮《ふる》い立たせてじわじわと含んでいった。

「ふっ……うっ……くっ」

眉をひそめた穂高の顔が視界に映り込み、彼も苦しいのだとわかる。

それでも、繋がりたい。一つになりたい。

強い欲求に背中を押された柊は、小刻みに息を吐きつつ、串刺《くしざ》しになった体を前後左右に揺らした。自らの体重の助けも借りつつ、なんとかすべてを受け入れる。尻と太股《ふともも》がぶつかって、ぱんっと大きな音が響いた。

「はあ……はあ」

二人とも息が荒い。穂高の黒髪が汗でしめって額に張りつき、黒いシャツの胸が上下している。その様子を見て傷が開いていないか、心配になった。

「痛み、どうですか？」

問いかけには、しかし返答はなかった。いらえの代わりに、穂高がずんっと突き上げてくる。

「ひあっ」

不意を突かれ、ぐらっと傾きかけた柊は、あわてて目の前の肩を摑んだ。

「う、動いては駄目、ですっ」

「うるさい」

柊の制止を一蹴《いっしゅう》する穂高の目は、欲情に濡れて黒光りしている。

「どれだけ我慢したと思ってるんだ。ここまできてじっとしていられるか」

ドスの効いた低音で凄まれた直後、さっきよりも重い突き上げを食らう。

「ひうっ……」

どこが怪我人なのか。刺されて傷を縫ったばかりとはとても思えない。

「だっ、……だめえっ……うごいちゃ……らめ……え」

自ら開発した柊の弱みを知り尽くしている男に、感じる場所を一つ残らず絨毯爆撃《じゅうたんばくげき》されて、制止の言葉もグズグズになってしまった。

一ストロークごとに追い上げられ、頭の片隅にあった傷への懸念《けねん》も吹き飛ばされて、気がつけば快感を追うことしかできなくなっている。ただでさえひさしぶりなのに、いきなりトップスピードで激しく責め立てられ、振り落とされないように、逞《たくま》しい首にしがみつくことしかできなかった。

「は、激し……っ」

揺さぶられすぎて舌を噛みそうだ。視界も忙しなくぶれて酔いそうになる。

「せ、せんせえ……っ」

「そうじゃない。言っただろ？　名前を呼べ」

（な……まえ？）

「み、みつ……さ……」

穂高の苛烈《かれつ》さと、それによって生まれる快感に酔った柊は、ろれつの回らない舌で、その名前を口にした。

「充生……さんっ」

とたんに、体内の雄《おす》がぐんっと質量を増す。

「おっきい……ぃっ」

これまででマックスの質量と思われる漲《みなぎ》りで、一番感じる場所をぐりっと抉《えぐ》られ、眼裏《まなうら》がチカチカとハレーションを起こした。

「ひっ、あっ、なに……なに、これっ」

これがエクスタシーだという自覚もないままに、体がふわっと浮き上がるような浮遊感を覚える。

「いいか？」

「い、いい……いいっ……イク……い、くぅ……っ」

「柊……っ」

腰を摑まれ、ひときわ深々と貫《つらぬ》かれて、柊は大きく背中をしならせた。限界ギリギリまで反《そ》り返ったところでびくんっと痙攣《けいれん》する。

「……ッ……ッ」

達した刹那《せつな》、きゅうっと媚肉《びにく》が収斂《しゅうれん》し、穂高をさらにきつく絞り上げた。

「……くっ……」

体内でこれ以上なく膨《ふく》らみ切っていた穂高が弾《はじ》ける。

自分の〝なか〟が、恋人が放った精で熱く濡れるのを感じながら、もう一度軽くイッた。立て続けに中イキした脱力感で、ぐったりと大きな体に寄りかかる。恋人が汗ばんだ首筋にくちづけて「柊……」と呼んだ。

「は……い」

「名前、やっと呼んだな」

「……はい」

しらふではとても言えないが、さっきは半分理性が飛んでいたから。

体をそっと離すと、穂高の顔が視界に映る。その顔がすごく満足そうで、幸せそうで、柊も幸せな気分になった。

こんなに喜んでもらえるなら、恥ずかしがっていないでもっと早く言えばよかった。

「……充生さん」

試しにもう一度呼んでみる。穂高の顔がさらに一段甘く蕩けた。

愛する人が幸せなのが、なにより一番うれしい。

「――一路《かずみち》」

蜂蜜《はちみつ》の壺《つぼ》にダイブしたみたいに、とろとろの甘い幸せ気分に首まで浸《ひた》っていた柊は、恋人の唇から発せられた単語が、一瞬なんだかわからなかった。

「一路」

繰り返されて、ようやくそれが自分の名前だと理解する。下の名前で呼ばれるのなんて、子供のときに身内に呼ばれて以来で、なんだか背中がくすぐったかった。

「今度から、プライベートでは名前で呼び合う。それでいいな？」

「……はい」

確かにそうすれば、公私の切り替えがスムーズかもしれない。

「一路。キス」

早速名前で命じられた柊は、微笑んで「はい」と応《こた》え、たくましい首に両手を回して恋人のリクエストに応えた。

ひさしぶりのセックスを満喫《まんきつ》したあと、一人でシャワーを浴びた柊は、浴室でこっそり恋人が中出しした精液を体内から掻き出した。

事後処理を済ませたのちに体と髪を洗い、パウダールームで髪を乾かして、泊まり用に置いてあったスウェットの上下を着る。

穂高は担当医のＯＫが出るまでは、シャワーを浴びることができない。

でもさっき汗も掻いたし、さっぱりしたいだろうから――。

（寝る前にホットタオルを作って体を拭《ふ》いて差し上げよう）

そんなふうに考えながらパウダールームを出て、リビングに戻った。穂高はリビングのソファでタブレットを使っている。メールチェックしているようだ。

その様子を横目に、柊はキッチンに立ち、ハンドドリップで二人分のコーヒーを淹れた。淹れ立ての香りが立ち上るマグカップを両手に持ってソファまで運ぶ。

「どうぞ」

ローテーブルの穂高の前にマグカップを置き、自分の分は手に持って、彼の隣に腰を下ろした。

「ありがとう」

タブレットを横に置いた穂高が、マグカップを口許に運ぶ。一口啜《すす》って、味わうようにゆっくりと飲み込んでから、ため息混じりの低音を落とした。

「やっぱり、おまえが淹れるコーヒーは美味《うま》いな」

「よかったです」

うれしい感想に口許をほころばせ、自分のマグカップに口をつけていると、隣の恋人がさらに低くひとりごちる。

「俺も余裕を失っていた……」

柊はコーヒーを飲むのをやめて、穂高を見た。恋人は心なしか険《けわ》しい表情で、まっすぐ空中を凝視《ぎょうし》している。

「おまえは見るたびに輝きを増してキラキラしていくし、ライバルも増える一方だしな……」

「……キラ……キラ？」

自分からはもっとも縁遠い形容詞に著《いちじる》しい違和感を覚え、マグカップをローテーブルに置いた。改めて穂高の顔を横合いから覗き込んだが、冗談を言っている面持ちではない。

（……ということは本気で言っているのか？）

面食らいつつも「ライバルとは？」と問いかけた。

「俺以外の担当作家だよ。一人、おまえにやたらと懐《なつ》いてるやつがいるだろう？」

ヒントを元に、担当作家のなかから、思い当たる人物をピックアップしてみる。

「……新人の彼ですか？」

「そいつだ。しょっちゅうメッセージを送ってきやがって」

憎々しげに肯定されて、柊は目をぱちくりさせた。

なにしろ、まだ一冊も本が出ていない、ひよっこというのも烏滸《おこ》がましいような、言ってみれば作家未満の新人で、天下の穂高充生がライバル視する相手として力不足は否めない。

「まさかとは思いますけど……彼に嫉妬していますか？」

驚きのあまりに思わず直球で訊いてしまった。すると穂高が「悪いか」と渋面《じゅうめん》を作る。

（認めた!?　本当にそうなんだ！）

心のなかで叫んだ。

そもそも穂高と彼では作家としてのステージが違いすぎて、比較対象にすらならないくらいなのに。

「悪いわけではないですが」

びっくりしすぎて、却《かえ》って冷静な声が出てしまった。

「しかし、彼はまだ本当に新人で、先生がライバル視するレベルには……」

「充生」

低音で鋭く即時訂正され、「失礼しました。――充生さんがライバル視するようなレベルには至っておりません」と言い直す。

「いまはな。だが、数年後はわからない。現時点ではまだなんの実績もないが、裏を返せば無限の可能性を秘めているということだ」

「まあ……確かに」

「しかも、もの書きの端くれとしてヨチヨチ歩きの基礎作りの段階で、おまえみたいに有能で仕事熱心な編集者がついている。ラッキーな若造だな」

穂高の口から「有能で仕事熱心」などという褒《ほ》めワードが出て、顔がじわっと熱くなる。穂高に編集者としての自分を評価してもらえるのは、柊にとって最高のご褒美《ほうび》だった。

口許が緩《ゆる》みそうになるのを堪《こら》えていたら、「勘違いするなよ」と釘《くぎ》を刺される。

「……………っ」

「俺はなにもおまえにほかの作家を担当するなと言っているわけじゃない。どんな業界も新陳《しんちん》代謝《たいしゃ》がなければ根っこから腐り、早晩朽《く》ち果てる。フィクション、ノンフィクション、いずれも死に絶える出版ディストピアを回避するためにも、常に土を耕《たがや》し、新人という種を蒔《ま》き、水をやって育てる。それが出版社が担《にな》う大きな役割の一つだ」

「……はい」

びっくりした。褒められて喜んでいるのを、窘《たしな》められたのかと思った。

ともあれ言っていることは至極もっともで、いくら穂高が稀代《きたい》のヒットメーカーで、この先さらに脂《あぶら》がのってくる年齢だといっても、いつまでも彼一人に頼ってばかりはいられない。

亡くなった会長が穂高の才能を見出《みいだ》し、ベストセラー作家になるための礎《いしずえ》を築いたように、第二、第三の穂高充生を見つけて育てることは、編集者としての責務であり急務だ。日常業務に忙殺《ぼうさつ》されて、そこを怠ってはいけない。

「つまるところ俺が言いたいのは、俺もうかうかしていられないってことだ。若造に追い抜かれて、おまえを寝取られないように精進《しょうじん》するさ」

「ねっ、寝取られるなんて！　そんなことぜったいにありません！」

柊が大真面目に声を張って否定すると、穂高は苦笑を浮かべて「わかってる」と言った。

「おまえが浮気なんかするはずはないのはな。それでも嫉妬してやっかんで、くだらない意地を張る。恋する男ってのはつくづく愚《おろ》かな生き物だな」

自嘲気味につぶやいた穂高が、「――そこにあるファイルを取ってくれ」と、少し離れた場所にあるキャビネットを指でさす。

立ち上がり、キャビネットまで行った柊は、上に載っていた透明ファイルを手に取って「これですか？」と確認した。

「そうだ。持ってきてくれ」

ソファに戻ってふたたび腰を下ろした柊の横で、穂高がファイルから二枚の紙を引き出し、ローテーブルに並べる。両方とも家の間取り図のようだ。

「間取り図ですか？」

「ああ、近々引っ越そうと思っている」

不意打ちに、頭のてっぺんから「引っ越し!?」とワンオクターブ高い声が出た。

いまのマンションはまだ新しくて一人暮らしには十二分すぎるくらいに広いし、近隣に大きなスーパーがあり、最寄り駅には地下鉄とJRが乗り入れていて、専門店が入った駅ビルもある。「一度は住んでみたい街」ランキング常連も納得のエリアであり、穂高からもこれまで一度として部屋に対する不満を聞いたことがなかったので、引っ越しを考えていたのは意外だった。

「二ヶ月ほど前から知り合いの不動産業者に探してもらっていたんだが、いくつか挙げた条件と合致《がっち》する物件がなかなか見つからなくてな。だがようやく、ここならと思える物件が見つかった。次は一軒家だ」

「一軒家ですか」

これまた意外だった。戸建《こだ》ては一般的にマンションより手がかかる。その分、庭があったり、動物が好きに飼えたりといったメリットもあるが、ただでさえ忙しい穂高に戸建ての管理は荷が重いのではないかと思ったからだ。

もちろん、穂高が一軒家を望むのであれば、自分が反対する理由はないし、するつもりもないが。

「この物件は敷地内に二つの建物——母屋《おもや》と離れが建っていて、渡り廊下で繋がっている。出入り口も二つあるから、離れを独立したスペースとして使える。この離れを仕事場にすれば、おまえは他社の編集者とのバッティングを気にする必要がなくなる」

図面を指でさしながら説明する穂高の傍らで、ふんふんと相槌《あいづち》を打っていた柊は、最後の説明に「えっ？」とフリーズした。

いまの話だと、一軒家に引っ越す理由は自分のため？

（もしかして……そのためにわざわざ引っ越しを？）

しかも二ヶ月ほど前から――ということは、穂高の「このまま一緒に暮らそう」という申し出を、自分が保留にしたあたりから物件を探し始めたということになる。

同居を躊躇《ちゅうちょ》する理由を知って、彼なりに打開策を考え、水面下で動いてくれていた。

ただ漫然《まんぜん》と「待つ」のではなく、どうすれば自分の精神的負担が減るのかを考えて、行動してくれていた。

（やっぱりすごい人だ）

器が大きくて、才能に満ち溢れ、その上行動力もあって……。

正直に言えば、自分には分不相応で、もったいないような恋人だと思う。

彼が与えてくれるものに対して、自分がなにを返せるかもいまはまだわからない。

（それでも――）

「一路」

名前を呼んだ穂高が、無意識に握り締めていた手に手を重ねてきた。黒い瞳が揺るぎなく見つめてくる。

「改めて言う。新しい家で一緒に暮らさないか？　担当としても生涯の伴侶《はんりょ》としても、俺にはおまえが必要だ」

プロポーズにも似た申し出に心を揺さぶられ、胸が詰まって声を出すことができない柊に、せっかちな穂高が「返事は？」と催促《さいそく》してきた。

「はい……はい」

何度もこくこくとうなずく。それだけでは足りない気がして、震え声で囁いた。

「私もお側《そば》にいたいです。できれば一生、充生さんの伴走者《ばんそうしゃ》でいたいです」

「よし」

満足げな声音で「合格だ」と言った穂高が、柊の肩に腕を回して引き寄せる。引き寄せられるがままに頑強《がんきょう》な体にもたれかかった柊は、嬉し涙に濡れた顔を恋人の首筋にそっと埋《うず》めた。

あとがき

AFTERWORD

—岩本　薫—

ディアプラス文庫さんではおひさしぶりです。プリティ・ベイビィズシリーズ以来なので、七年ぶりでしょうか。ディアプラス読者様には大変ご無沙汰《ぶさた》しておりましたが、その間に有《あ》り難《がた》くもデビュー二十周年を迎えることができまして、周年記念の一環として小説ディアプラスさんに載せていただいたのが、この「蜂蜜《はちみつ》と眼鏡」でした。実は雑誌に新作を書き下ろすのも十年ぶりくらいで、雑誌サイズの読み切り（中編）のテンポが掴めずに、ボリュームのわりに大難産でした。やっぱり日頃から、いろいろなサイズの作品を書いておくことが大事ですね。

さて今回のお話の設定となっている出版業界は、個人的にとても身近な業界です。柊《ひいらぎ》の職業である編集者の皆さんにも、日頃とてもお世話になっており、穂高《ほだか》に至っては自分の分身的な（もちろん私はこんなすごいヒットメーカーではありませんが（笑））キャラクターです。出版業界を設定にした物語には一度チャレンジしてみたいと思っていて、晴れて執筆の機会を得てうれしかったのですが、いざ書く段となったら自分に近い分、どこまで踏み込んで書けばいいのかの判断が難しく、線引きに悩みました。あれこれ悩んだ結果、結局は、リアリティとファンタジーが入り交じった、いつものテイストに落ち着いた感じです。ですのであまり生々しく捉《とら》えず、普段どおりに楽しんでいただければと思います。

本作は主人公二人が作家とその担当編集者という出版業界ものですが、穂高は元官能小説家。ところが新たに彼を担当することになった柊は、過去のトラウマからセックス恐怖症で、三十歳まで恋愛経験なしの童貞。しかも穂高が「新作のテーマはエロスだ」と宣言したからさあ大変。柊は無事にトラウマを克服《こくふく》して、穂高の執筆の伴走者《ばんそうしゃ》となり得るのか――というのが大まかな本筋です。柊はまさに裸一貫《はだかいっかん》でがんばっています。本人はすごく真剣なんですが、微妙にがんばる方向性がずれているんですよね。そこが個人的にツボで、書いていて楽しかったです。

雑誌では二人が恋人同士になるまでを描きましたが、書き下ろしは〝その後〟を描きました。タイトルもずばり「その後の蜂蜜と眼鏡」。蜂蜜みたいにトロトロ甘々な新婚生活を送っているかと思いきや、恋人同士であることと、作家と担当者という仕事上の関係を両立させる難しさに思い悩む柊。この二人の場合は、圧倒的に柊が一人で悶々《もんもん》と悩む役どころで、穂高は見た目どおりにどっしりと鷹揚《おうよう》……かと思うと意外と嫉妬深く子供っぽいところもあって人間臭いのが、こちらもツボでした。

そして柊の、真面目で小心なのに、いきなり極端に突っ走って暴走するところが自分に似ていて親近感。眼鏡なのも同じですし（笑）。穂高のアバウトで大雑把《おおざっぱ》な感じも自分に似ています（きっとO型）。そんなわけで、柊も穂高もすごく描きやすかったです。

性格は自分似ですが、外見はウノハナさんに魔法をかけていただいたおかげでとても魅力的な二人になりました！　ウノハナさん、二人をワイルド系色男とエロかわ眼鏡にしてくれて、ありがとう。ウノハナさんといつかお仕事をご一緒したいというのは、長らく心に秘めていた野望でした。念願叶って本当にうれしいです。漫画のお仕事でとてもお忙しいところ（ウノハナさんの漫画はシリアスもコメディも甲乙《こうおつ》付けがたくおもしろいので、未読の方はぜひチェックしてみてください！）、引き受けてくださって本当にありがとうございました。

そして、久方ぶりにお世話になりました担当様。雑誌では二十周年の企画ページを作ってくださってありがとうございました。とてもうれしかったです。その際に、素敵なイラストやコメントをお寄せくださった先生方もありがとうございました！

さてさて、ひさしぶりのディアプラス文庫、いかがでしたでしょうか。雑誌掲載作を読んでくださった方は、書き下ろしを楽しんでいただけましたでしょうか。ご感想などお聞かせいただけたらとてもうれしく、今後の励《はげ》みになります。どうかよろしくお願いいたします。

それではまた、次の本でお目にかかれますように。

岩本　薫

この本を読んでのご意見、ご感想などをお寄せください。
岩本 薫先生・ウノハナ先生へのはげましのおたよりもお待ちしております。

〒113-0024　東京都文京区西片2-19-18　新書館
[編集部へのご意見・ご感想] ディアプラス編集部「蜂蜜と眼鏡」係
[先生方へのおたより] ディアプラス編集部気付　○○先生

- 初出 -
蜂蜜と眼鏡：小説ディアプラス19年フユ号（Vol.72）
その後の蜂蜜と眼鏡：書き下ろし

[はちみつとめがね]
蜂蜜と眼鏡

著者：**岩本 薫** いわもと・かおる

初版発行：2020年2月25日

発行所：株式会社 新書館
[編集] 〒113-0024
東京都文京区西片2-19-18　電話（03）3811-2631
[営業] 〒174-0043
東京都板橋区坂下1-22-14　電話（03）5970-3840
[URL] https://www.shinshokan.co.jp/

印刷・製本：株式会社 光邦

ISBN978-4-403-52500-1 ©Kaoru IWAMOTO 2020 Printed in Japan

ディアプラスBL小説大賞
作品大募集!!
年齢、性別、経験、プロ・アマ不問！

賞と賞金

大賞：30万円 ＋小説ディアプラス1年分
佳作：10万円 ＋小説ディアプラス1年分
奨励賞：3万円 ＋小説ディアプラス1年分
期待作：1万円 ＋小説ディアプラス1年分

＊**トップ賞は必ず掲載!!**
＊**期待作以上のトップ賞受賞者には、担当編集がつき個別指導!!**
＊第4次選考通過以上の希望者の方には、個別に評をお送りします。

内容

■キャラクターとストーリーが魅力的な、商業誌未発表のオリジナルBL小説。
■**Hシーン必須。**
■同人誌掲載作は販売・頒布を停止したもの、ネット発表作品は該当サイトから下ろしたもののみ、投稿可。なお応募作品の出版権、上映などの諸権利が生じた場合、その優先権は新書館が所持いたします。
■二重投稿、他者の権利を侵害する作品の投稿は固く禁じます。

ページ数

◆400字詰め原稿用紙換算で**120**枚以内（手書き原稿不可）。可能ならA4用紙を縦に使用し、20字×20行×2～3段でタテ書き印字してください。原稿にはノンブル（通し番号）をふり、右上をひもなどでとじてください。なお、原稿には作品のストーリー概要を400字以内で必ず添付してください。
◆応募原稿は返却いたしません。必要な方はバックアップをとってください。

しめきり 年2回：1月31日／7月31日（当日消印有効）
発表 1月31日締め切り分……小説ディアプラス・ナツ号誌上（6月20日発売）
7月31日締め切り分……小説ディアプラス・フユ号誌上（12月20日発売）

あて先 〒113-0024 東京都文京区西片2-19-18
株式会社 新書館　ディアプラスBL小説大賞 係

※応募封筒の裏に【タイトル、ページ数、ペンネーム、住所、氏名、年齢、性別、電話番号、メールアドレス、連絡可能な時間帯、作品のテーマ、執筆日数、投稿歴、投稿動機、好きなBL小説家】を明記した紙を貼って送ってください。